무현 최수호의 ▼ 華산혼⋯이대 山노을 ▲ 시집을 드립니다

無玄 최수호 제11집

華산 혼,,,이내 山노을

문화앤피플

詩창작 갈무리, 그 머리말

확장성 시어를 새롭게 구성, 명징하게 표출하여 시 쓰다
-광폭의 쐐기언어를 활용, 동시 다발적 언어유희에 무릇 한줄 시로 극대화

　시인의 언어는 색다른 의미와 신선하게 구사한 언어구조의 특징이 있는가! 그 주안점에 나는 도전하고 있다. 누구나 익숙했던 詩문법의 정형을 혁파할 그 어떤 **"강력한 시어의 힘"**으로 유니크하게 시다움을 생성시킬 수 없는가?
－나는 불가 형언할 수 없는 **"詩속의 詩"**다운 그 숨어있는 시어를 참신하게 살리고 싶은 심정으로 창출하여 배려하다, 이러는 가운데 "폭발華한 시"가 무슨 의미인가 라는 질문이 들어왔다. 대뜸 폭발에 더한 華자로 표기했으나, 이는 무슨 무기가 터지는 게 아니라, －색채, 빛, 화려아름답다, 꽃(풀)이 무성하다쯤이면 불꽃놀이를 상상하라고 하면서 바로 이런 것이 시인의 언어라고 하였다. 그때서야 수긍하였으나, 앞으로 무수히 전개될 나의 도발적인 복합어인 시어가 더욱더 고민스러웠다.
　언어와 언어 사이의 특이한 묶음인 시어를 읽다 보면 잠시 생각할 수 있는 여유랄까? 샘물 한가운데 보름달이 떠있듯 돌출의 언어는 상황설정을 한 시공간이기도 하다.
　이렇듯 시인만이 쓸 수 있는 언어란? 보다 즉발적인 선한 감성을 어떻게 하면 독자에게 감동을 줄 수 있는가? 이번 시집의 출간은 신선하고 새로운 언어인 그 상상에 의한 예술미, 즉 시어에 대하여 명징하면서도, 창의적 이미지 혁신이라고 여긴 나 나름 특이한 사색이다. 짧은 시어들이 하나 되어 시 전체를 압도하는 그 만난점, 이는 무기교의 기교인 그런 당돌한 짧은 시어 구사가 도발적 일이긴 하나, 이는 점층적으로 생성한 언어의 경계를 넘어선 시어들이다.

시각적 이어 음률 더한 극적인 이미지 언어로써 심도 있게 제일象 아우르다.
이렇듯 수사한修辭- 광폭의 쐐기언어로 활용 한 묶음의 시어詩語가
새로운 시어의 실험이 아니라 완전체를 이루고 있다.
이는 한 줄로 압축된 시 이미지이며, 동시 다발적인
언어유희로 꽃차례처럼 폭발華한 독특한 시어를 구사하다.

-아래와 같이 언어구조를 편편 제시해 본다.

노을華명지바람행복합창!, 노을빛莊嚴꽃모란꽃, 노을頌華麗시, 철쭉꽃無盡藏노을化
노을光白夜오로라, 자연氣숨, 반야禪미소, 노을花쉿물詩, 모란나비연꽃, 꽃上善若水아침열다

참 낯설음이다- 시를 창작하며 구사한 시어들이 공감각적 이미
지 상승효과가 있다는 것을 확신하다. 또한 언어와 언어 그 간극
에 연상 시어가 더하니 상상이상 풍성하였다. 요즘 세태의 시
는 기호학적 기술인 "언표言表 우위의 시대"이어서 신선한 패러디
라지만, 나의 서정시는 "기의記意 이미지 연결"로써 詩창작을 심
도 있게 할 언어로 연계하여 차별화한 이 얼魂은- 즉 "언어, 그
이상의 시어"라고 여긴다.

시인이 의도하는 내면을 명징하게 볼 수 있는 **조화로운 한 묶**
음의 시어-이자, 시의 특장이다. 이것은 한 묶음의 조어措語는 분
명 아니며, 더더구나 조어造語도 아닐 것이다. 딱히 강조하면서도
이번 시집은 독자로 하여금 시 읽기에 생경함도 있지만, 이 시대
에 양상된 공감詩공작소인 AI도 연상聯想 못할 悟감성인 나의 시
는 인간만이 이해하는 확고한 신념이다. 난 언어혁명에 의한 막
능당 시작始作이다. 구체적 설명하자면,- 이 시집은 서정의 언어
무게에 대한 일목요연한 힘글다운 나만의 독창성에 있다.
-개울가징검다리소나기, 극한호우도깨비장마, 철쭉꽃無盡藏노을華 등
이러한 예문으로 제시한 짧은 스토리 맥락은 자연과 인간의 서
사, 이 기억의 내밀한 언어로써 즉 시적인 지사指事이다.

이런 언어묶음으로 의도된 시를 읽는 동안 독자적 추억을 상기시킨 회상, 또한 시적인 상상을 더하는 여백의 연결고리인 **짧은 한 줄 시,- 즉 몰아일체인 미니멀리즘**이다.

　　저녁해태해님이 파견한 시인아치아침노을!., 華花염화미소魂!
　　달빛팡롱메밀꽃, 노을天魔열반경, 노을漸人佳境만장생광해발詩化

　이 복합어 시 읽기는 언어와 언어 사이에 짧은 문장도 넣어 표현할 수 있지만, 우리네 율격인 3.4調로 구성한 단시조의 특장을 새삼 일깨워 연잇다. 일체화된 시어詩語는 시각화 연이어 음률의 공간도 배려하였다. -이와 같이 결론은 아래와 같다.
　시어詩語가 상호적으로 긴밀한가? 이미지로 극대화 시킬 수 있는 그 자체가 **무릇 한 줄 시어**가 될 수 있도록 언어의 공간을 확장성으로 생성하였다. 또한 시각적 연이어 음률 더한 극적 이미지 언어이다. 보다 심도 있게 할 동질성인 그런 제일象 시어를 정히 아우르다. 이렇듯 수사한修辭- **광폭의 쐐기언어 활용,** 한 묶음의 시어詩語가 완전체인 메시지로 **한 줄로 압축된 시 이미지**이다. 이 시집의 시는 동시 **다발적 연쇄 언어유희**로 꽃차례처럼 꽃피듯 폭발華하다. 이렇듯 나는 혼신을 다한 서정의 언어무게로 나다움의 시를 새롭게 창작하였다.
　이번 시집의 특장으로 하여 여러 평론가의 관심과 시인들의 평설이 다수였다. 시집 출간에 있어서 난 참으로 고민이 너무나 많았으나, 무엇보다도 독자에게 시가 보다 쉽게 다가가기 위해,-작품 해설로 특별하게 모신『대하소설 소백산맥』의 詩소설 장르를 개척하신 이서빈 시인님의 평론을 게재하게 되었다. 특이한 창작임에도 불구하고 배려에 진심으로 감사드립니다. 이어서 중앙대문인회 부회장 정근옥 시인님과 이승하 교수님의 격려가 선뜻이 기쁘고 흐뭇하였습니다. 긴 폭염이어도, 뜨거운 소낙비이어도, 저~ 눈부신 하얀 백화白樺 나무처럼 난 꿋꿋이 행진하듯 시인의 길을 빛내고 싶다. -독자의 아량이 있으시길 빕니다.

2024년 중추절 淸和堂書齋　無玄 최수호 삼가

無玄 최수호 제11집

華산 혼,,,이내 山노을

山꽃, 그대라는 꽃

내 만난 야화野生花는 아주 깜찍하여,
생기어린 웃음線 살아있어 빛이 나다.

–山꽃은 천연 바람의 길 생영生榮이다
–강풍에 시달려도 생채生彩 웃음꽃이네

아~ 꽃이다 그대가 꽃피다
작고 앙증한 그 기억이 나에게–

오보록이 솟아나 야단법석이며~ 암
풀꽃은 무지개色 웃음보가 터졌지.
빨 주 노 보라~ 햇살 함박웃음꽃은
선바람으로 앙잘앙잘 수럭스럽다.

–풀꽃의 생명은 앙버틴 야생美이다
–山꽃의 색깔은 강렬하여 화려하다
–꽃잎의 미소線이 신떨음 어여쁘다

그대가 꽃피다 흠흠~노랑꽃이다
이 신명난 추파秋波 나에게로–

스스로 걸어오지 못하는 풀꽃.
神만이 아시는 풀 그대라는 華꽃
내안 선물도 못할 그대라는 山꽃
꽃잎은 암팡진 애물로 사랑홉다.

제1부
화산魂 이내 山노을은 시인하늘이다

오~ 시인, 시인이여!

저녁노을은 장엄미莊嚴`美이네–
아침노을도 화엄광華嚴`光이네–

   그 山노을로 핀 시인의 꽃.
오늘 청천晴天 쪽빛 하늘이다. 난
적막옥방의 無明유리壁고독獄이나,
밤 강가 천룡飛~天龍 스친 까치놀.

   고만 늙숙이~ 시인이여!
저 아름다운 천상의 혼魂~ 딱히
난 칠순童子로 흐무뭇 좋아하며,
일곱 빛깔 무지개로 시를 쓰다.

   이렇듯 詩로 감응하면서도
내 이마엔 山노을 심혼– 나마저
태양빛에 부신 외눈부처 하늘눈.
석양이 퍼붓는 끝장 저 莊嚴눈빛;
누가 노을華嚴에 타~죽어가는 지.

내처 이 땅에 지핀 목련꽃말씀!
난 외로우니깐 혼자라도 잘 놀아
山미륵 위에 뜬 보름달 저~반야.

폭염 속 나의 惱~詩는 반쪽神通,
밤새 고즈넉이 늙마九曲이었나~
오늘 아침莊嚴`美노을華~ 그랬다.

흑化된 시에 질문하다, 넌

난
요즘 시와 노을은 화양연화로 삼삼하다
난
신명가득 최애腦 넘쳐난 신바람 시인,
내 세상 화평詩心으로 생동 다스려하다.

그러나 시는 멋쩍듯 헛 詩脈세상—
생떼로 최적화라며, 때론 살아날 시에
엇비슷 적연히適然—서붓 환승연화하다.

난 절대 타협하지 않으려 안간힘하나,
시는 눈빛的中이나 또 흔들린 살찌詩.
그러니 시는 때론 딴 세상行間이다.
시가 헛심 됐다고 서로 샛눈 묻다가,
엉뚱 환시화幻視畵노을 지레 흑化하다.

난
영혼어린 명상詩를 읽으며,
나의 시에 한껏 영감을 주려하나
난
꽃이 진 생억지 자리로 생혼나다.

그래도 시는 해맑은 내 정형의꽃—
저녁노을華기도이나 앙버틴 새아침,
찰찰~웃는 시에 덩달아 窓밝아지다

9

거대한 청동 항아리로 누가 노을빛을
섬섬閃閃 퍼붓고 있나, −오! 나의 시詩여

그렇게도 수많은 나날들의 노을이
내 홍안에 왔다 갔어도,− 지금 이 순간
거룩한 축복처럼 내 노을로 섬섬 퍼붓다.

가을하늘 샛노랗게 맞닿은 이 華산−

그토록 내 마음속 늘 그녀만을 위한,,,
혼연한渾然− 사랑은 마주보고 있어야~
봄엔 금마타리 단풍春秋노을,,,하늘가을!
이 황금色언덕의 꿈 폭발華 황홀色들다.

나의 노을莊嚴`美시 그 사랑의 노래,,,

山마타리해무리꽃 드넓게도 흐드러지고,
이 가을千態萬象노을`꽃 네게 다가왔지요.
華산도 월華도 황금빛 내 하늘이지요.

검붉은光노을 얄미운 까치놀은 안돼요
놀은 수평선 끝자락 피어야 신비롭지.

소낙비에도 그녀를 만난 그대라는 꽃,
미운정이나, 고운정이나 매양 웃지요.
누구나 사랑할 때는 다~ 그렇다하네.

세상에, 가장 빛난 시詩

태양의 눈이 석양을 빛내고 있다―
나도 외눈박이로 노을빛~ 쏘아보다.
숨어들수록 강렬한 신神의 눈초리,
하夏~수평선 하늘 오보록이 형형하다.

바다는 노을빛물결緋緞꽃잎 일렁이고,
超인성 눈동자 禪으로 일깨운 法海
그 태양의 눈씨 긴 指事인 느낌표ⅰ
그녀는 눈물꽃 부시도록 톺아내다.
오 무차별眹바다하늘 난 환희이네

출렁~ 먹구름 살아난 또렷 해넘이―
노을焌``비늘연꽃 밤 연등바다는 적멸궁寂滅宮~
아름다운 노을빛뱃길 내 눈부처 든 황홀경속
난 단박 없어라~ 이 세상 그녀와 난 없어라~
하霞~ 노을詩化 뉘 하늘여름인가

아침노을이어도 上上치노을꽃―
이 세상에서 가장 빛난 눈동자로,
나도 태양도 노을華~ 신명 달치다.
황금禪꽃으로 피어나는 저 무아境.
하霞~ 뉘 詩話착색 저녁노을인가

한여름, 맹폭 열대야 속 오백 년의
山금강松 잎마저 傘붉게茶毘타오르네.
세상에나 저 노을이 만시輓詩하나니.

11

봄꽃 눈꽃 봄이 왔다고

봄이 왔다고 홍매가 깜작 피었다.
동장군 노대바람이 지나간 서리꽃도
오솔~ 떨지만 꽃술은 色실타래하네.
아니야, 나무雪에 갈퀴바람 귀얄이다.

함박눈이 내렸다고 세상 새하얗다.
三冬햇살마저 다소곳이 꽃 흰했었지,
홍매 숨긴 흰 눈송이도 矗~赤心이다.

봄이 왔다고~ 산수유 꽃 풍년이네.
늦게 피는 꽃은 있어도, 속절없이
묻지 마시요~ 안 피는 꽃 없다오.
꽃샘추위 온 음력설 매화 꽃길—
봄 처녀농부는 짚불을 놓고 있다.

냇둑 불 잔디를 밟고 온 사내야~
동삼삭 샛강에는 둥둥 성엣장뿐,
고드름音響과 채색된 月華꽃으로
올봄 성애꽃 깜짝이 피어날지—
함박눈 왔었는데 폭설 내렸다고,
창밖 시오리 꽃길~ 흰 눈밭이네.

봄 흰한 꽃~꿈꾸는 언덕엔—
———눈꽃 봄꽃 봄이 숨어든다고
———봄꽃 눈꽃 숨은 꽃도 봄이네
中天햇빛도 散亂상전이 얼어붙다.

나의詩꽃맞이

노을은 감성快 숨죽일 卍꽃—

이 거룩 고매한 시인魂, 흠—

山노을華嚴``花진달래꽃化 ～흥矗!

 —하늘에서 지상 아래로 이내以內

숨어드는 신神,,,,,태양眼光으로

노을頌`莊嚴시, — 온통 나에게로만

봄새 화산華山,,,,철쭉꽃밭,

지상엔 흰 목련꽃魂말씀이네.

꽃 필 무렵의 굿,,,,,꽃맞이詩!

 —지상에서 하늘 끝까지 이내

上春꽃대 밀어 올립니다.

오! 하느님～ 제 영혼祈禱는

시인夢목련꽃일뿐입니다,

절로 악악諤諤 핀 꽃

햇빛이 빗금으로 들어서야 밝아지는 주택의 검은 벽돌담.
푸새가 성장하기엔 사이갈이할 수 없는 천하 버름한 곳,
수천 개의 번뇌탁 질서 중 한 칸 반야般若의 이 한세상.

그 오둠지진상 수직에 어엿이 북 박은 상상치上上-꽃 하나,
삥등그리 바람에도 두서넛~ 꽃송이가 생동생동 앙증하다.

아앗,- 하늘을 우러러 방언方言으로 악 악~ 핀
　　　불
　　　가
　　　사
　　　의
　　　꽃
이 사무치는 기쁨法悅의 몸짓 이마마하다.

막 핀 자줏빛 꽃도,- 첫 눈에 꺾이는 것이 오솔하나 앙
버티다. 그러나 너는 신神의 뜻에 따라 위대한 지혜로
너볏이 하고 있다.
[너는 공중 부양한 듯 솟구치는 투사로 암팡지게 혁명하고 있다]
나 홀로 제비꽃,- 너는 악 악~ 시화詩化로 넌지시 미소
짓는 나다.

기도祈禱

내 눈앞에 우뚝 선 목련꽃나무,
저 뜰아래 시의 영감靈感은
투명한 물빛 야마野馬로 솟아오르네.

나의 기도처럼
매서운 봄 딛고 화산花神으로 온
하양 목련꽃 한~무리華

천상을 향하여 꽃피어나는
숨,,,,탄생 **한맛비** 쉼,,,생명시간
저~ 순결한 영혼靈魂

내 시惱~詩는 내 뇌우腦~雷雨인가,
속절없이 꽃이 진다해도
서러운 詩혜유미 이어도
허야~ 내 순수 시혼舞

이젠 눈앞에 엽서詩로 남을,
이 한철 한고비로 함께한
저도 시인夢목련꽃나무입니다.

한 송이로 핀 노을꽃

앞산 모퉁이를 보니~ 하늘에 닿은
꽃차례無盡藏산노을에 온통 물든, ─ 난
진달래노래철쭉꽃밭에 걸앉아있었네,
내 넋은 붉~노을명지바람황홀인가

이 뭣ㅅ고~ 이 뭣~꼬, 이 뭐시라!
꽃들도 숨~터트릴 이 凝香말씀,
천상의 붉~노을꽃華산에 맞닿다.
심금조차도 헤어나질 못할~ 난
極熱심장이나 끝끝내 묵언수행.

그 진달래~ 숨도, 철쭉꽃~ 넋도,
나의 시혼마저 몸살 차살~하다.
넌 숨긴 원시香 꽃 言靈~불타네.
이 노을華산으로 난 징헌 몸─굿!

넋이야~ 神이야,,,,, 노을이야~
미간眉間에 맺힌 시 이슬이어도
제발~ 시로 그만 꽃 읊어라~~
─아직도 내 시는 늘 적묵寂黙.

시인이여! 영감어린 이 山노을
    이 거대 거룩한 한 송이 꽃,
華花염화미소魂!─ 이 정곡인 詩에
            이 유일 꽃에
    담박 내 가슴 타~ 죽어가네.
    내처 내 가슴 타~ 죽어가네.

황혼 일지日誌

늙마~ 시작詩作을 끝낸 후,
華산 혼,,,이내 山노을-
하루의 해가 황홀히 지고 있다

마왕붉수탉이 석양을 향하여
꼬끼오~무당질 일성소리 질러데
온몸 상기들 듯~울어 꼿꼿하다.
아름다움도 지극하면 곡두인가!
혼절病 들었는지, 復부르는 건지
일몰~그대로 늘씬히 고독死인가.

윤기어린 노을빛 새의 육감으로
상현달을 따랴~ 별들을 따랴~

해 떨어질 때까지---
흰 초생생달, 煞~얼결에
수탉의 사양斜陽은 언참言讖인지,
해 솟아날 때까지---
검은 초승달, 그 영혼에
내가 죽을 내 시참詩讖인지,

밤새도록,,,, 초혼招魂하듯이
새 시집 속 검은 달 불러놓곤
혼자만 징허게 고독지옥 들다.

풍경소리, 그 허공喩

갈등禪이라~ 넌짓 지 세상처럼
걸어 온 내 유빙流氷의 길,
한파~ 꽃샘猛추위 성에窓에는
찬바람 안팎빈`그물홀로 언古典서리꽃.
내 寂滅宮전강풍`난타법고독공禪天
카랑카랑 깨진 뉘 허공운판化소리.

-꼭지마다 싸라기눈이 언 시상枾霜
고목은 두서 되 툭 툭~ 雪고욤,
고풍산사三冬강철소리詩魔물고기풍경
세상에 가장 짧고 맑은無我소리.

山까치 지 세상엔
이심전심 그 너머 황홀-
저쪽 옴팍雪홍시 빛낸 노을㸰.
여기 법열法悅은 홀 붉~홍시
-노드리듯 함박눈 쌓인 시설枾雪

허공 세상 티끌이 되어버릴,
그 허공藏 벗은 아량 속 三冬;
지관타좌 끝낼 동지冬天섣달.
명상禪바윗장에 언 흰 구름
        -내 홀연 눈부처인가
넌 홀왕허공喩홀래 저~ 신선.

만장생광 연서戀書

이 가을色단풍우표가 도착하였다

동백꽃도 고스란히 놓는 길목ㅡ
세상 미리 져버린 서러운 우수.
늘 기다림의 그늘이 아니길
아, 저만치 그녀였던 가

진달래山철쭉꽃 피고 난후
散花노을도 고스란히 노을華~꽃
봄새 지나 온 어느새 늦가을.

오늘은 어쩌면 하霞~석양녘ㅡ
이 지상의 수많은 꽃나무마다
하늘로 핀 저마다의 꽃다발.
고대로 시인夢 오~단풍華찬상!

저~ 꽃단풍으로 막 도착한
붉은 노을인 우표 한 장엔
華산 혼,,,이내 山노을, 아직도
눈부시게나 성큼 성화星火네.

저 하늘丹霞 산천色을~
지`홀로 불타는 단풍萬丈노을.
이 첫사랑 어찌 하나요~총총

19

가을눈물 사뭇 눈물가을

투명 아기단풍에 바람일어 속삭이듯 완연한
붉은빛 이 계절, 우리는 서로 가을나무였지.
　　우리는 슬픔이 가득한 단풍나무였지―
여우비에 연잎의 이슬~마니주摩尼珠 구르는
깨끗한 푸른 그'목소리, 그녀가 옆에 있었지.
[눈가에 이별 눈물 꾹 머금고 있는,~~~

　　　　~~~눈물 강으로 흐르는 맘도 난 알아요]

가을 끝 찬 가을비여서 낙화 같은 사랑아~
연꽃 얼굴엔 내 이슬이 눈가 맺혀있었나요.
[꽃이 지면 낙엽 젖은 사랑,~~~

　　　　~~안개 강으로 흘러가는 건가요]

낙엽 진 두 눈망울에 행여나 그대의 눈물이
뚝뚝~떨어지면 안 돼요~ 가을눈물이지요.
[흐르는 강물처럼 소리 내어 우는,~~~

　　　　~~눈물 강이면 더욱 안 돼요]

첫사랑成長痛애증 단풍이여! 그대라는 연꽃,
그리워하지 마라~ 뒤돌아서도 울지 마라~
[내 마음속 깊은 곳에 흐르는,~~~

　　　　~~안개 강을 숨겨두었나~ 영원히!]

다시는 영영 못 볼~ 그적 아득했었나봐,
나는 눈물가을 서붓이 가을눈물 범벅이다.
이'가을로 숨어드는 꼬박이 초생生달인가
비껴간 두견이'매 눈초리~ 사무사思無邪!

나의 시詩는 이렇게 탄생했다

나의 시는,,, 길벗 동행인가
상현달에 숨어있는 검은 초생달,
밤새 지나 온 푸른 낮 흰 눈섭달

나의 시는,,,
상현달에 숨어있는 검은 초승달,
오늘도 따라 온 선바람인가
새벽녘 어스름이어도 흰 눈섭달

나의 시는,,,
상현달에 숨어있는 검은 초생생달,
밤 지새우고도 말~건네는 샛길
새파란 중천中天 나만의 흰 눈섭달

내 한낮의 시,,, 너, 너~였어!
상현달에 숨어있는 검은 초생달이
밤새도록 따라와선 끝끝내
시퍼렇게 언 삼동三冬 흰 눈섭달

,,,나의 시는 이렇게 탄생하다.

21

황금빛禪보름달
—Oh God & Good! 거룩한 神도 흐뭇해할 것입니다
　Goooooood~ 귀의무량광각歸依無量光覺!!

시인이 보름달을 향하여-
그 많던 시심을 불꽃놀이詩유희로
화려하게 터트려도 달은 질투가 없다

달아~ 달아~ 밝은 달아~ 내가 놀던
저 둥근~ 밝은 달아~~~

황금빛千`萬波보름달은 한 서리에도
고매한 홍매화를 한맛비 품고 있으나,
만개한 폭소爆笑는 찬바람 흰 꽃이다

달아~ 달아~ 밝은 달아~ 그대 놀던
어화둥둥~ 밝고 밝은 달아~~~

내처 낙화도 비단길 난 개미가 났지,
달마悟道세상 파안대소 우수수 꽃잎.
이 또한 흠씬 개안처開眼處로다!

암~ 저 山미륵엔

탱화미소佛 황금빛禪만월-
밤새 검 하늘 무장 어마어마하다

꽃을 숨긴 늘 푸른 나무여!

꽃이 없는 나무가 있었을 런지?
나뭇가지 끝 눈靈座에 싹이 오뚝 솟았다.
그간 꽃을 못 본다는 생각에 난 무심했지
-선뜻 생수라도 긴~호흡 주어야겠다.

어느새 싹은 훨씬 자라 꼭지눈 솟더니,
온존이 잎 펴기 전의 새싹化體기도像이네.
내 영감어린 상상엔 푸른 천녀天女인가!

오~ 동정녀 聖母마리아 모습 고대로다.
오죽하면 꽃이 없어도 늘 기도만하네~
창밖 비는 청~푸르게 빛나 차가웠지만,
늘 푸른 성신聖靈당신! 난 꼭 이제-

개안처開眼處~로다 흠흠~ 탄복이로다.
나뭇가지에 탄신 한 신비로운 새싹像~
어쩌면 당신은 성자의 푸른 수녀이제!
나무마다 기도하는 오늘,- 새싹의 날

그 새싹도 物神이나 생령을 다해 왔네!
[황소 뿔이 센 지, 새싹 기운이 더 쎈 지, -풀 시절
투쟁에 바위가 말랑말랑한 지를 오래 기억하겠지]
암~ 영영 꽃 없는 몸살이어도, 그쟈~
혼신하면 신기하게 꽃피겠지~ 그날이
오늘이길! 그 돌쫌만한 나의 기도이네

이승의 우상偶像과 환생幻生

며칠 전 도심의 장미공원을 산책하다—
우연히 탐스런 꽃봉오리에 관심 갔으나,
그 일은 흑장미 꽃길 속에 독불장군으로
화중화인 찬란한 붉은 모란이었을 거야~
[地文: 탐스럽게 핀 이 꽃에 나는 염화미소를 띄우다]

그 꽃부리가 낯설게 온새미로 없어지고,
쪼뼛한 줄기만이 하늘을 꼬느고 있었다.
한껏 우상어린 모란이 꺾이는 날벼락에
장미꽃마다 치솟는 분노에 바람뿐 이네.
[지문: 난 벤치의 반가사유상~인가! 그 곡두幻影생각뿐]

난 분명 보이지 않던 것을 보았다
깜짝 놀란 일도 아닌, 그런 이문異聞은
꽃의 언어가 있는지 분홍 꽃봉오리마다
말하려는 듯 빈 꽃대 건드린 곳, — 안착
나비가 날라 와 일순 깜작~놀라듯이
옆 장미꽃도 화들짝 하늘세상을 보다.
[지문: 나비가 긴 줄기에 앉아 모란꽃으로 환생하네]

검은 장미꽃들 옆에 꽃 없는 긴'줄기,
그 형국에 앉은 나비가 꽃~귀신인 양
이승의 우상과 환생 몽땅 깨달음'은—
모란魂된 나비는 떨잠風의 불꽃花웃음.
소나기 지나가고~ 여우비 머금은—
깡~메말라간 노랑 장미꽃 해탈化울음.
[지문: 꽃나비도 그'줄기에서 메말라가 적멸華이네]

추억을 하나 드립니다

언덕의 운동장이었지.
황홀한 山노을 보면서
뒤 돌아서 걸어가지 마시오,
곧 어둠이 다그쳐 오려니,....

초등학교 체육대회가 끝나고,
그 추억~ 개울가징검다리소나기!!
—이 후로도 계절은 오랫동안

운동장 계단마다 흰했지—
인화人花로 찬란하여 층층엔
요마한 **보라**~제비꽃이
발랄한 **노랑**~민들레꽃이
깨끗다 **분홍**~패랭이꽃이
태양花채색된 그 함박웃음,
청군 백군~ 동무여서 우린
노을도 나볏이 환호했었지.

곧 기억이 새삼 오려나,,,,
그 운동장은 이젠 작지만,
이 순간까지 당긴 언덕을
한 계단 두 계단 오르며~
몽당연필帚우정 꼬마 찾다
옛 노을夢 신이난 운동회.
—추억 하나~드립니다.

디카詩는 상쾌한 사생詩

디카시: 디지털 카메라로 촬영하고 난후 아주 짧은
서정을 표현한 사생詩. 인터넷 카페에서 유행하고 있다

난생 처음—
디카詩를 쓰다 다시 본 감흥刹那서정,
사생寫生시의 절정 그 순간 새뜻하다.

천변川邊은 새들의 숲 ~~ 계절여행

　　　　江잉어　　~~~~~용궁

　　　　들꽃 향연　~~~~ 천국

　　　　사람들　~~~ 직립보행

허공 속에서도 천기누설 눈씨로
새가 디카詩실경 쪽으로 내리꽂다,
이심전심 저~ 하늘,,,제일象이지

배후背後인가~ 엉겅퀴 오뚝 선 꽃,
그 순간마다 생령들로 禪정좌하다.

시공간을 초월한 장미~꽃~나비도
시적靈想감성 노을華 땅기고 있다,
영감靈感어린 혼 명상~돈오頓悟!

옛 기억의 반딧불이感 찾듯—
시인은 투명璧접사로 산책중이다.
저~ 언덕의 흰 야생초만 신 난,
바람 길로 강샘華奢깨닫고 있다.

제2부

시가 내에게로 와 허공喻 시인하다

山목련꽃은 내 시혼詩魂

시는 내겐 폭발華한 흰빛律 목련꽃-
그 합창은 山노을한맛비철쭉꽃 내 華산,

진달래香백리 돌고 돌아 얼싸~철쭉꽃,
허야~ 사랑을 고려山에 고대로 두다.

저문 해의 눈빛 사라져가도, 바위~꽃
본 어름산이 미소로는 어림이 없다네.
노을花꽃에 하염없는 절정 봄~드세지.

시나위巫방언 그 고백은 꽃핀 華산,
그대 시인魂, 목련꽃도 함께하나니
-진실한 사랑은 마주보고 있어야~

가도 가도 고려山 철쭉꽃 지쳐드는
이 산화散花도 지극化 노을色꽃비네.

그중에서도 일순 철렁~ 밝 솟아난,
목련나무 폭발華~ 이 노을彩色꽃에
감응한感應- 우린 상찬賞讚이었지!

오롯이 내 하늘마음 노을華嚴花華산.
웜~매!! 황홀한 노을 목련聖性말씀,
精華여신~ 山달 그녀는 떠오르겠지

정녕! 난 살아야하겠다

난생 처음 일이다~ 나의 삶 초월이던가,
세상暗然시인이듯 "이것이 절명詩다"—시에
超집중 창작을 하고나니, 몸 뜨거워지다.
난 살아있는지 후끈~허기가 달아오르다.

난 그간 공복을 잘 못 느꼈는데—
온 신경을 다해 시詩를 완성할 차에,
갑자기 훅~몰밀어와 배가 허출하다.
아뿔싸, 언감생심 감탄여유시그러지다.

그래도 허발詩도 나도 배고프다.

그러나 詩행간은 옹고집 인내할지,

그래도 끝갈망 깊은 내 눈부처詩
하여~ 난 참말로 시가 고프다.

어찌타 맛없는 시를 앞에다 두고,
밤새 눈빛으로 퀭하니 응시만하다.
—나도 시詩도 진정 살아야하겠지

갈등禪~ 진을 뺀 궁극의 시심—
애간장 다 녹이며 내면을 태운들
새벽이 밝아 와도 나만 허기지다.
이팝나무詩香꽃 창가 이밥~차지다.

언어의 고독境

자색 꽃구름 층층 잉걸빛깔로 타는 노을, −황홀한 저쪽
신선神仙만 즐긴다는 붉은 복숭아가 탐스럽게 농익었다.

복숭앗빛 천도天桃 속살을 애벌레가 먼저 먹고 있어도,
인간꿈의 나도 불노 장수인 연금술로 달보드레 먹고 싶다.

이 복숭아를 깜깜한 암흑 속에서 숨 쉬는 씨앗佛도 모르게,
살아있는 벌레神마저 망각하고 남몰래 흐무뭇 먹으려 한다.

천상 선도仙桃와 마주한 난 절대적 고독으로 접신接神한다.
헌선도獻仙桃할 화품花品을 지상 나무에게로 암중모색이다.

이 땅의 나무가 고스란히 신神의 열매를 맺은 감동한 그날,
언어의 감탄! 이 몽둥이로 자연 맛있는 걸 깨닫게 하겠는가.

창문의 화폭은 꽃에 역성들다

유리창은 화폭으로 투시만하다-
한낮 폭풍우가 드세게 왔다.
붉고 하얀 접시꽃들 낭창낭창
검질기나, 휘둘려 깨어지면서도
층층이 늘채며 앙버티다;-앗!
줄지어 절절이 난타당한 꽃들.
내`눈썰미로 빛~튕기는 소낙비,

빙화氷花된 혁명의 얼굴~접시꽃-
깨어진 꽃,,, 억수 두드린~~
먹구름 暗轉커튼에 역성하다가,
폭염~도깨비~폭우에 키 자랑이나,
깨어진 꽃,,, 또 산돌림에~~
휘둘려진 심통 든 접시~꽃얼굴-

비늘洸꽃들로 물보라 박수--
明轉화폭은 인상파 화가인가
[꽃이 도깨비로 변한 예술혼 깃든 화폭이 아니라,
깨어진 꽃빛 투사된 빗방울色 그대로 그림이다]
-소나기光붓질로 흠씬 난타다.

폭염소나기태풍 속 긴 줄기가
늘씬늘씬 휘둘린 내 난시엔
지멸있다 못한 꽃들의 몸살.
난 외눈박이라 늘 걱정이다,
넓은 접시꽃이 깨지고 있다.
-유리창은 투명無明화폭이다

31

천도 연적硯滴 불두화

*공자 왈 明鏡止水란 사람은 흐르는 물에 거울로
삼지 않고, 고요한 물을 거을 삼는다. 즉 사념이
전혀 없는 깨끗한 마음
**＊壁은 바람벽, 璧은 아름다운 것을 비유한 말

내 서제의 붉은 천도복숭아는
홍소 띠운 백자연적이어서 옹차다.
신선의 秘義이듯이 그 천도天桃는
어엿이 윤潤~나고 썩~탐스럽구나.

붓마다 孔子의 갈증 위하여———
검은 벼루의 명경지수로 하여금,*
내 얼굴을 본 드맑은 옹달샘이다.

이런 일보다 마음-壁은 명상을,**
이 일보다 정서-壁은 思惟숲을;
나날이 멋들고~ 흥겨워 깃드나~
이 일보단 역성혁명春秋의 필봉!
용水두꺼비 필세가 雲雨~먹이다.

연적이 벼루에 부닥치는 일도,
이젠 늙마 떨리는 손 필력이나;
찬 새벽녘 천리향의 흰 한지에
솟아나듯 묵향墨香 솔솔~ 깊어
詩마저 비백飛白으로 화답하다.

난해한 초서가 고전古典이 다된
댓잎가시 서리꽃 핀 문인화이나.
초생생달이 말하듯이~ 스쳐들면,
너와나 살아있다니 여백을 안다.

문방사우여! 새벽 기침마다엔
꽃으로 안 필 이 佛頭花~연적.
이빨 빠져 늙어도 내 초월愛,
넌 평강장수平康長壽하시라~
문안인사에 너는 늘 좌선 중

영원한 중력重力, 내 노을 당기다

은사 미당 시인은 그 유명한 "국화菊花 옆에서"-詩휘호를 써주시면서,
수호는 슬픈 소쩍새가 아니라 공작새쯤 돼야~하시면서 크게 웃으셨다
-난 순수 문학시절로 그 휘호엔 소쩍새가 솟작새로 영원히 남아있다

나에게도 명지바람~봄 완연宛然하다.
진달래가 오고, 이어 철쭉꽃도 왔지.
화산華山엔 솟작새가 슬피 운다고~
여느 시인이 노래를 했다고 하여,-
내처 찾으러간 봄날로 난 재우치다.

그 거대한 산의 붉은 꽃들로,- 나는
양팔을 벌려 가슴 위로 흠씬 안는다.
태양빛 華꽃을 떠받든 화장걸음이다.

첫사랑 소녀가 화관을 머리에 이고,
앞서 멀어져가 그 무성한 꽃향기에
난 참을 수 없는 기침~ 기침으로~
숲속 華꽃을 당기며 걸음짐작이다.

저 멀리 휘어진 山구릉에 서다. -난
華산을 보니 어느새 붉은 노을이나
중력을 잃듯 요만치 떠다니고 있다.
넌 활짝 핀 철쭉華산에 신명이지만,
나는 그 솟작새를 찾지도 못했다.

영원할 초생생달이 가까이 말할 듯
무에 華꽃이고 무엣 미륵山놀인가~
시인은 안력으로 山노을~ 당기나,
헝겁지겁 누구나 가질 수 없기에
神있어 아름다운 화산華山이다.

글발魂 쉼,,,쉼표明言~,숨

나의 문장도 씨앗을 심듯 ,쉼표가 있다.
이 문양에 잠시 생각을 멈출 수 있지만,
연잇는 심전心田에 상상할 여유도 주다.
　　-그물에 걸리지 않는 자유로운 바람~숨처럼

쉼표는 싹을 틔울 씨앗 같은 모습이나,
시 글밭에도 쉼표가 딱히 숨,~존재하다.
　　-세 마리 사자石燈 안 긴한 촛불~숨처럼

난 농부처럼 들숨에 하늘 한번 보고,,,
날숨의 쉼표로 화분에 ,꽃씨를 심었다.
그 씨앗들은 심지心地의 화신花神으로
탄생!- 아름다운 시詩가 될 것이다.
　　-진흙에도 물들지 않는 연꽃~숨처럼

이 또한 꽃나무가 씨앗을 맺는 동안,
불면의 시인이여~! 동백꽃샘바람꽃으로
쉼표를 놓아 땅에 다시 공손히 피다.
나도 바쁜 세상사 손 놓고 쉼표처럼
지잠地蠶 굽듯 자연自然 쉬어가겠다.
詩의 쉼표는 글발魂~智慧바람길~숨통,
깜직 幺麽한 天然꽃이 흔들리고 있다.
　　-무소의 뿔처럼 걸어가라, 쉼~갈무리

해를 품은 달과 시인

오늘 개기일식이 출현하고 있다.
흔한 일이 아니어서 더욱 시적이다.
태양이 달로 가려진 천연環 이 마력,
검은 세상에 다이아몬드 빛의 반지—
천장지비天藏地秘가 적연히 나타났네.

세계인 모두가 우러러 감동감화—
사랑의 약속이라며 환호 일무佾舞하나,
검은 달로 가려진 삶도 내겐 있다오~
나여서 앞날이 암흑천지, 아직까지도
해를 품은 검은 달 속인 난 虛無신세.

나의 부활이라며 한껏 詩세상을 열던,
나마저 없어질 적멸궁인 生울타리에서
간난 시인이 애지중지 함께한 새—
개기일식을 보다가 그만치나 ~흠흠
내 눈이 멀었듯이 어둠속에서, 딱히
까막까치가 지~ 허공 속 적멸하였다.

내 시는 우주의 그런 흰 달이 아니다.
깨달음의 태양빛禪보름달도 아닌—
상현달이 채운 검~초생生달 시처럼,
영리한 까치눈씨쯤 시인노릇일거야~

시간이 늙은 그날의 은하작교에서
꿈결로 그 까치를 만날 수만 있다면,
—새의 언어로 내 시를 꼭 들려주겠다.
미륵山`臥佛사유를 숨긴 보름달만보다.

꿈은 본래 무제無題

-오늘은 슈퍼 블루문이다
늦 열대야에 천연색 꿈꾸다가,
큰 달빛팝콘메밀꽃은 함박~폭소다.

모든 것을 몽땅~ 거둘 수 있나~
은하는 불티쏘티끌~별이 아니길,
폭풍 속에서도 추수夢 격정이다.
난 뒤돌아서서, 되짚어가면서도~
밤하늘에 식솔의 소원上達 그리다.

황금禪보름달은 둥근 배인가~
요지부동 달빛洸`花神윤슬의 검은江.
어제 하늘엔 내 山노을이, 오늘
시월~상달로 눈이 부시는데~~
달빛江옴팡엔 출렁~ 연꽃 솟다.

저문 유성이 하직線을 긋는데,
먹~산수화 여백으로 여명이 와
반사체 달무리마저 숨어들다.

저 달은 항상 둥그나, 빛으로
변신할 그 망중한忙中閑인데;
누가 보름달을 훔쳐갔나 보다.

내 마음도 태양빛 그 얘기다.
아침노을팝콘배롱꽃 생때같다.
-어제는 슈퍼 블루문이었지

37

홍도紅桃야~ 우지마라

분재 홍도나무가 槐좌대에 있어
오롯이 꽃의 선바람만 봤을까나,
－무릎 꿇고 써온 고혼九曲시가
삼동三冬 내 취미생활이었던 가.

오~ 기다리고 고대하던, 그대가
꽃피운 일이 넌 관상용~詩라니,
나마저 오호~라, 오호惡好라~
연년 시인化공화국 분재로구나.
無明시인이어도 홀로 혁명하라.

엄동설한에 차라리 궁기詩삶도~
천세 만세후~ 천추의 恨이어도,
신선草에 막사발로 사는 거야~
늙마九山 옹근 예술~막살란다.

인생사 사설장단으로 무너져도,
호천통곡 판소리化홍도화여~
목청소릴랑 소리그늘 안이어도;
山공부~폭포가 지 소리 뱉듯이
본바탕 자연禪으로 돌아가자.

홍도야 가시밭길~ 우지마라~
－시나 꽃이나 다 그런 거다
－惱천둥 할~벼락絶望소리여도
지청구로~ 우지마라~ 홍도야

딱 그만큼만 이 선천禪天

흰 꽃이 솟아나 있는지도 모르고,
향내가 그대에게 피어오르는지 모르고,
바람하늘도 딱 멈춘 맹폭~태양만 애꿎다
　　　　－몽땅 멈춘 바람길~이랑 회귀무풍대이다
　　　　－절창한 바람끝~쟁투 회귀난초촉이다
푸른 난초 잎은 날씬 길게 휘어져,
그 곡선으로 튕기는지~ 안 튕기는지~
암, 저 하늘을 뾰족~건들면 아시리라~,
왕대꽃 핀 말씀으로 세상憤怒 하실는지.

난초꽃도 낭창낭창 날빛~심기로 솟아나,
절대 꺾이지 않으려는 庶民난초는－
쪼뼛한 잎사귀송곳 이 첨단으로나마~
하늘~숨 작파하려는 고빗사위, 천둥天動
벼락소리 낼 그 고초苦楚럼 딱 멈추다

쩡~~금이 갈 하늘한판어름이 아니었다,
하늘은 참 맑았다,－ 뉘 禪天하늘인가!

옴쭉 달싹도 못할 내 살찌눈씨－
내 못나 무슨 죄 지었지~ 거울하늘,
시인 눈초리에 칼이 된 絕命심호흡난초.
맹폭의 땡볕은 무엇이라도 할 태세다

시를 쓰는 밤, 그 黃道光새벽

보석상자 열 듯 지평선엔 섬광입니다.
노을 후 가짜새벽인 황도광이 오지요.
─일몰 후 서쪽하늘 놀 매서운 봄詩로
─일출 전 동쪽하늘의 서늘한 겨울詩로
죽은 시인 혼魂, ─최후의 발광체입니다.

먼 나라에서 본 태양풍 오로라~빛으로
옛 짝사랑의 희미한 보라色 초라떼나,
내 예관晩觀은 황도광처럼 초름하지요
백야 춤사위 어마지두 비교 아니지요.

숲속 반딧불이면 잘 볼 수 있답니다.
─해가 진 뒤 노을 끝난 춘분 서천도
─먼동이 트기 전의 추분 동천에도
새벽보다 늘 앞서 온 발광체이지요.

희미한 원뿔'빛~띠는 가짜새벽이나,
암흑 속의 詩전조 시인의 魂불처럼
글발~별들로 즉낙 헤아린 새벽하늘.
나의 시는 감성快! 은하夢쯤입니다.

하현달도 엄청 내 중력 받고 있다.
낙하한 유성은 멸망을 예감하듯이
일순간, 황도광도 신기루로 여리다.

수평선의 상현달살찌가로등 달무리~
산란하고 있어 안개로 사라지겠지.
일순 칠흑빛~출렁 月痕새벽입니다.
황도광은 이빛의 심도로 사라져도,
나의 시는 밤새 별빛~어연번듯하다.

저녁해태해넘이 파견한 시인아치아침해치!
-四靈족자에 아침노을色 밝아오다,
그림 속 난 진짜 신선이 되고 싶다

불쏘시개라~ 난 불佛쏘시개

예전 산골 山寺암자에 사흘 머물렀다.
"냉골 황토 방이라 하면서"~도 동자중이
합장하며, ─뜨겁게 주무시라고 합장이다.
석간수 백련茶라며, 자리끼도 들놓다.
문밖 아궁이문을 덜커덕~쇳소리 내더니,
찬불로 여남은 촛농 한 보시기를 넣고선
아무 말도 없이 미소로 함흥차사였다.

창밖 너머 성근별이 굵게 빛나네,~ 나는
도시속욜음욕망 삭이나, 언 나무六花가지가
저쪽 보름달을 뾰쪽이 밀치고만 있었다.

꼿꼿이 죽어진 주목이 불쏘시개가 되어,
내겐 찜질房열기지옥이 천국인 듯 편했다.
세상 죽어 지이다~ 내 안구도 열 뻗쳐서
불佛티튀고, 기와佛事로 무장무애 절하다.
天上소원 축원문하고~ 上염불 복 빌며~
촛佛지핀 암자에 촉루詩``心地새벽빛 열다.

별들이 뚝뚝 쏟아질듯 은하수 반짝였네.
그간 정화수로 독소를 빼내고 나선~, 난
깃털佛시인이나 갈등禪굴퉁이로 하산하다.
난 절망시절 나락엔 아자房~다반사였지!
禪독공 밀쳐놓고 시나 쓰다 죽어삐라~~
가족이 보낼 전보가 오늘字로 사라졌다.

내 환속한 도시는 하늘여름 난해하다.
그 山골보단 청량한 공기가 아니었다.
도시 지옥에서 소신등신불공양 아니어도,
행여 고독사여도 내겐 무언 삭연하다.
백발로 다시 돌아갈 암자卍땡추~시인!
차가운 가슴이 먼저가 자그시 禪들다.

무화無花, 무화無化라네~ 그 꽃

난 골목길가에 선뜩 서버렸다—
담벼락 모퉁이 묘소妙所에서, 꽃의
절정 그 신밀神密을 보여주고 있다.
한낮 쏟아지는 햇볕에 홀 백일홍은
생채線미소가 넘쳐나 때맞추게도
피어있어,— 앙증스럽게 오달지다.
[난 그 꽃에 비껴서 햇빛을 가리지 않았다]

서로가 이름 몰라 생면 어반하다.
집중 소낙비極限우박이~ 쏟아졌다.
풀꽃은 전라의 곡선美로 생기보다,
어디 한곳도 손상 없이 아름다운~
꽃부리로 씽긋妙法미소가 너볏하다.
[오늘도 난 기뻐하며 곁을 흐뭇 지나가다]

내 마음속 풀꽃은 온전함을 너머
생동生삶이기를 무심코 소원했지만,
오가던 한낮엔 알뜰한 꽃~없었다.
[새벽녘 환경 미화원이 쓸어버려서 난감하네]

네 앞에 서서 감성諦念미학도 아닌,
난 꽃~없는 그 고요 헤아리면서도
이 바보야 天地혼비백산玄黃 바보야~
생기보다는 난 생화生化를 말하다.
神人다운 일에 春泥자줏빛꽃春草마저,
뜻밖 쓸려간 잎가지마저 가뭇없다.

넌 천연스럽게 그 자리 숙명이네,
천라지망이나 사뭇 새치름하였지.
무화無花 꽃, 무화無化라네~ 그 꽃,
숨 쉬는 화신花神~ 속내는 魂불,,!
잎만 남아 햇빛연금을 묵언 들놓다.

悟감성, 시인의 언어

달콤한 속임수暗數로, 새빨간 요설饒舌은
단박에 맹랑한 언어이나 식어지면 식상하다.
가짓부리 꾀는 교언영색이어서 허사虛辭다.

슬픔이란 언어로 생각한바—
맘으로 서럽게 울어도 언어는 그대로인데,
언령言靈이 울면 하늘도 사람도 땅도 울다.
기쁨이란 언어가 느낀바—
말로 기뻐하여도 이 언어는 그대로인데,
사람들은 즐거워하며 온갖 일로 춤추다.
시언지詩言志가 뜻한바—
마음글밭 이 올곧은 행간, 언어生명줄로
시인이 시를 빛낸 悟감성은 쾌연하다네.

언어는 자연스런 뜻과 천연 멋이 있다.
신神은 신명으로 이 말은 그대로인데
인간은 사람으로 이 말은 그대로인데

 나의 시어는 아직도 쉽게 환치가 안 되었네.
도시언어는 신조語로 변화무쌍하여 난감하네.
—詩속의 시어 삭혀 쓴 시, 뉘 腦春시인이라~

그 누가 시인은 언어의 마술사라 했지.
그 누가 언어를 존재의 집이라고, ~뉘
시집은 허무의 집, 내 시어는 어반하다.

옆집 고양이와 시인

밤새 비가와 플라스틱 차양에 소나티나로 흐르다.
창문을 두드리나 몰입하여 써나간 육필詩 속에는
고즈넉이 호빈 글발이 멈칫 후드득~파적破寂이다.
후드득 깨어난 시어詩語를 압정같이 꾹꾹~눌러쓴
억센 빗소리 따라 가다보면 시도 총총 난필이다.

밤 빗소리에 개미글씨인 내 시만 죽다가 살다가.
구구필력 아니리~ 육필로 아홉 번 퇴고에 속살다.
심곡心曲의 시를 그 빗소리에 조각처럼 후비고 있다.
시의 적절한 암중비약은 고대로 새벽 돋을볕이다.

옆집 차양엔 귀족인 고양이가 전신으로 쳐다보다.
밤샌 비가 소리 없는 고양이 발자국처럼 그쳤나.
난 고양이의 눈부처 속 가끔 내가 들어가 있었지.
시의 싹수머리 살리려고 그 탄력感으로 있었나봐
[투명 차양위에서 짐승이 아침 햇살로 온,- 밤을 샌 금도襟度였나,
그 고양이가 능청스레 와도 난 모른척하나 날 뚫어져라 응시하다]

시인팔자 암~ 밤샌 고독지옥을 누가 알겠는 가,
실어증에 시를 잘 쓸 수 있나?- 늙마~영혼의노래
녀석이 올 예감에 나를 순진하게 할 수밖에———
고양이가 나를 천하무적~ 초초집중으로 보는데,
그 눈씨에 "시詩 쓰다 죽어삐라~!" 내가한 말이다.
젠장, 이젠 시인을 위한 시를 나는 안 쓰겠다.

생의 프리즈, 내 절규詩여!
-뭉크는 소멸, 불안, 죽음을 연작으로 남기다*

오늘의 시인이 고독死라 한들-
"죽음의 나무"-그린 뭉크는 이미 허공葬,
나마저 거지중천 아래 無明지옥 살고 있다
-화가 뭉크가 살아온 예술魂! 너는 나다

그토록 아름다웠던 노을華에 감전된,-
이 붉~석양에 난 호천통곡하지 않으리라.
그 하늘엔 핏빛色 노을은 비명自然소리~뿐,
늙마 내 심장도 터질듯 절규魂! 환청이다
우주 소리가 회오리친 해질녘은 악몽이다

북극권極光하늘로 뭉크의 사랑詩를 엿보다
첫날은 노란빛 오로라의 춤 징징~만나다
다음 태양은 청~푸른빛 오로라 징~만나다
붉은 오로라는 행운인데, 어쩌라고 오매~!
뉘 곡진한 사랑이라서 혼절惡靈예술화했나

내 은중부恩重符인 까마귀~놀華붉은厄 잊고,
청광淸狂인 뭉크와 나는 혼질野詩만을 쓰다
"생의 프리즈" -가 분신이련 뭉클하게 묻다*
불면의 고독獄애옥살이가 내겐 유일한 친구

그 언덕엔 비명소리 곡두라니~ 할 할─
입과 눈이 터져버릴 끝내 귀를 막고서야~
그 하늘이, 강물이 핏빛이 된 노을을 엿본
"뭉크의 태양"만이 표현주의 解放치유인가
난 이미 흑化된 시인으로서 詩그리다~~암

그토록 시의 예술化는 몽상이었는지, 나의
그간 시집은 외 다수로 無名시인이었지~
끝끝내 난 예술詩人으로 꼭 남으리라,,,,,
나의 腦흉터 천둥絶望소리 그런 뭉크恐怖가
늪바탕 절규詩! 나에게로 비명魂'自然오다.

詩창작 강의 첫 수업시간에
나의 문장을 처음 칠판에 두근두근 쓰다

글 솜씨는 관찰이 우선인데 그 감정선을 살펴보면,-
서리꽃보다 더 아름다운 것은 달빛~눈발이다. 이 보다 더
아름다운 것은 이야기가 성근 성에窓의 투명 노을이다.
[그 시절 묵은 창작노트 보니, 이 글은 삭제한 기억이다]

겨울밤에 드센 노대바람으로 온통 감수성 일어선
유리창 생화. 달도 얼어붙을 냉한 날. -한 여자가
남자에게 지 실연을 통보했다. 나도 한 남자여서
이별이라며 가슴속엔 성화이네. 넌 첫사랑 상흔인
달빛~눈발, 성에흰꽃노을窓엔 바람만 바람만이겠지.
[이 문장은 소설적-구조를 가졌으며, 시적이라고 하셨다]

그 강평으로는 보다 더 유니크한 글을 쓰시오.
-이 바쁜 세상에 긴~ 詩를 뉘 읽는단 말인가
-내 답변은, 서로 사랑이어서 한 문장입니다
첫 수업 끝났다. 그럼 대차게 소설에 매진이다.
난 유치찬란했다 지금부터 창작 시작인 것을~

시든 수필詩든 문장은 짧아야,- 스승님 말씀
"시맥詩脈을 잘 짚어 시를 써야, 시가 되느니라"

새파란 문학청년인 그 50년 전 대학시절이다.
난 알고 있으나~ 애먼 문장에 아등바등 인걸,
시인되어 시를 쓰나 추고는 평생 어상반하다.

아~그리운 木月, 東里, 具常, 未堂 스승님이시여!
내 존경하옵는 대문호 스승들은 喪天下하셨다.
－난 고희 넘쳐나 책을 놓고 하~세월 불면이다

이 지구에 온 지수, 소혜, 유나와 함께 먼발치
그 예지夢의 노을 본다는 것은 어렵지－
아침노을은 새 날을 여는 神만의 일이고,
저녁노을은 인간을 위한 悟감성의 치유였지.
"華산 혼,,,이내 山노을"－ 흠흠! 보다가, 이 또한
꿈만 같은 내 소원~ 11번째 시집을 출간하다.
－팔자 좋게 몽당연필이 되도록 시만 쓰다

심심~적막해서 쓴 시詩

방짜유기 놋대야로 징소리나 들으며, 난 세한도 댁에서 사는
  것이나 진배없다. 그간 세숫대야로 알뜰히 쓰다가만-
    하~세월 이 추운 한 겨울에 반짝반짝 광내나?
  그 짙푸른 때 닦다보니, 그간 허튼 세상도 이골이 났다.
난 시만 쓰다가 평범한 극치, 끝끝내 극한의 기괴함을 들놓다.

한 세월동안 방짜유기로 각광을 받다가,
천더기 신세가 되어~ 한갓진 곳에 있네.
난 방짜대야를 손톱 재간으로 두드린다.
탱자나무가시 끝처럼 스미어가나~ 때론
어디까지 뻗을지 음파는 아예 가뭇하네.
맴놀이로 울고 숨어가는 소리 장단, 이
징소리에 혼령도 귀신도 아예 못 붙을~
고요를 난 즐기고 있으나; 긴~ 그 여운

징소리 중에서도 맑은 소리律묘법~이라,
내 감성으로 신떨음을 절 알고 있다네.
공명魂~ 이 기려綺麗를 붙잡지 못하나,
-징소리 길게 쟁~~지~잉~ 느긋 밀며
  그 소리 사뭇 잘 울어나가고 있다네.
징소리에 흥興 익혀 가는지 안 가는지~
魁고목像거북 다섯 마리나 다스리며, 난
징소리冥想詩化성장感 한나절로 소일이다.

방짜유기의 징소리 영감에 시를 쓰고,
맑은 소리~결로 추고하며 삼매境이나;
음파마다 재미있겠거니 깜냥 낭송이다.

늙마 울음妙通 삶~두드리고 詩를 읊으면,
그 바람은 송곳 바람은
드디어 징소리의 길을 길게 내 고서야~~
보이지 않는 야생이 숨어가~사근사근하다.
내 恨타령에 맴놀이도 소경 단청구경이다.

창밖 햇빛마저 모래黃風으로 쏟아지듯
사는 게 뜨악하나 침묵하고만 絶叫라~
난 얼마나 허무~맹랑했느냐 이 말이다.
늘 방지기로 밥도 아닌 허무詩만 짓나,
지금 독거核시인 처지로 세한도歲寒圖~
宅에 살고 있는 간난五臟삶 진배없다.

나에게 간곡히 말하노니, ─
영혼을 뺏긴 암울한 삶, 그 징소리이어도
안개 자욱한 그런 섬으로 우지마시라.

흐르는 강물처럼 벗꽃낚시
난 무하公,- 무하유지향無何有之鄕 청산舞 놀다

오늘밤 두 개의 춤 해는 없다-
해바라기黃금빛노을이 된 배후의 태양,
강물로 버티는 일몰의 영산홍 태양, 오직
한 송이! 꽃으로 태양神이 빛나고 있다.

늦봄 길, 선바람 나선 벗꽃 강길-
강 물빛무늬 퉁기나 투명無上 山그림자,
능수버들 탱탱~바람 먹은 은어낚시질에
뉘 서푼~ 물길 속에 낚여져 작아지다.

해를 겨우 받들고 있는 와불山미륵-
이 華산마저 태양빛에 노을紋 젖어든다.
강물~빛엔 고봉綠陰芳草준령花 흐드러지게
이교理敎하나 투명한 산色도 산입니다.

저녁노을엔 물신선 물고기들도 황홀히
지`극락이듯 용궁霞華산~둥지 홀왕홀래,
어뜩 내 눈썹 아미산蛾湄山에 든 물고기;
윤슬洸비늘로 찬란히 튀어 오르겠지요.

물수제비를 뜬 죽비로 강폭 탁 탁~ 뉘
열목이로 노을江 목어卍뱃속을 깨우니,
그 속엔 영혼을 녹이던 왕눈이 거미禪.
-시인 눈엔 심심상인 밀교의 기억뿐

유성雨 생사를 묵언 헤아리는 앞산도
신에게 저리 미륵으로 되돌려드리며,
숨어들던 해와 강물~華산도 두고, 난
보름달 윤슬投網에 청산舞 놀다 가네.
그`언덕이夜 반딧불 이상鄉 가뭇없다

나도 문방五友라는 거북이여!

연꽃이 돌이 되어도~ 노래를 부르던
그런 서정도 詩문객의 낭만이려니―
난 고목팔자인가! 거북槐木다섯 마리가
늙마고목인지 밑동인지 천근만근이나,
아주 안 기어가듯이~ 썩 게으르게~~
내 시집으로 등짐 지고 잘 놀고 있다.

그중 왕~거북등엔 [한국―詩대사전]이
펼쳐져있어서 시심을 읽어보라던 가.
다음 것은 시를 쓰는데 늘 옆에 있어
[새―국어사전]이 낱장으로 팔랑이다.
더러는 아담한 거북이가 제 멋스럽게
시골풍 춘난의 꽃을 받들어 기특하다.

어쩌나 소박한 거북―찻상은 묵묵히
내 쓴 삶소금쩍―꽃詩를 듣고만 있었지.
난 두꺼비와 춤추는 신선은 아니리~
거북이 수궁가로 얼~쑤 추임새하나,
굽어진 소나무穴 뒤 禪武道하였다~告

언제 시간나면 넓은 그`등짝에 바둑線
그어놓고, 강단文友들을 모셔다가 선
검은 까마귀이든, 흰 해오라기이든~
이젠 불굴誼詩로 오로지―쟁 수담하다.
해송海松은 소금바람에 푸르게 살지.

시 쓰다 지치면~ 낮잠 목침을 하니,
이`소나무도 전생 시인夢나무였는지?
−관음송觀音松이 龜龜詩 읊고 있다
고목에 꽃이 피듯, 한철 쉬어가듯이
生나무꿈시절 내 영험을 잘 헤아려~
거북이들로 몽땅 서재로 오고 있다.

모래 알갱이, 그 생금生金

모래알도 아주 작은 욕심이 있다
그런 심중엔 생금을 품고 있다오

강물에 젖은 앞산은 태산—
요마 모래알은 물마루 행간이나,
허공의 宇宙여백소리를 알고 있다
모래알이 품고 있는 巨大욕망.
이런 萬能생금으로 빛내나—

현자의 침묵이 된 古典처럼,
그 잠언箴言이라 하여도,,,,
시인의 지문이 된 文章처럼,
저토록 빛난 은하 세상이어도
이제는 잊었노라~ 잊었노라~

세상사 필연과 우연의 운명에
거부할 수 없는 인생파산波頭라~
영락없이 스스로 위리안치이네
맘 영 비워야겠지, 난~ 核개인
인생空手來空手去무상타~ 그래도

뭐라도 해라, 뭣이라도 해라~
噓태산도 하나, 바위도 하나,
급물살 미세强모래알 하나가
온몸 부스러지듯 씻어내어~
생금마저 비워내며 바자위다

아뿔싸~ 만족滿足이라!

복사뼈 아래 발바닥을 사뿐 딛는
그만큼이나 전신인 걸음무게로,,,
마음엔 한 치도 불안함 없는 흐뭇함.
이런 만족~ 滿足~~ 만족이라~~~
지구空을 굴리듯 가벼운 세상만큼
흡족하게 여기라는 저냥 뜻이로구나.

흥하적 맘에 마냥 독기까지 차오른
지 미래를 향한 멀리뛰기든,
지 권력을 향한 높이뛰기든;
겨자씨만큼 한 도움닫기의 욕망은
물구나무서기여도 마찬가지 일이다.
그간 난 발목아래의 노동일쯤이야~
온통 잊어버리고 오지게 안쫑잡았지.

하~세월 못 박힌 내 발바닥을 보니,
그만 늘 잊고 의례건 살아온
욕심 넘쳐난 만족~ 滿足이라니~~
오늘도 내 인생 걷는다마아는~ ♪ ♬

그만큼 고생한, 이만큼 고마운,
발바닥 세상 그 滿足마저도 잊고
흉허물인 난 오욕으로 걸어왔는지.
무수히 헛발짓한 내 세상이 난제다.

토끼풀 풀쳐-생각은 클로버

하루 종일 한중망 네 잎 클로버를 찾다.
푸른 풀밭에서 긴 시간을 앉은자리로 있다.
난 여리다는 순수한 토끼풀 앞을 휘감치다.

헤어나지 못하는 토끼풀 군락 속에서, 난
큼직하게 솟아난 하얀 꽃만 원망하고 있다.
하늘에도 클로버 꽃이 몽글몽글 솟아난 듯
흰 구름이나, 내처 손엔 풀잎향기 넘쳐나다.

"네 잎 클로버라니~"잔말에 눈씨만 애타다.
그렇듯 럭키~ 행운이라 꼭꼭 숨어있나 봐,
이 휘기한 클로버는 이젠 토끼풀이 아니다.
네 잎 클로버를 보물 찾으려 强인내심이다.

–토끼풀 군락엔 풀 풀~바람만 일어서고,
긴히 "어디 있니~" 꽃말로 슬슬 걸었건만
소원하던 클로버는 나에겐 보이질 않다.
나'홀로 군중 속 고독, 순수 풀꽃은 손녀뿐

♡♡소혜에게 건 낼 선물,– 네 잎 클로버
함박웃음! 딱 하나~ 나만 동심童心이지.
이젠 왕~클로버만을 반드시 찾아내겠다.
–내일은 어린이날, 난 풀꽃♡반지라도~
  눈썰미 좋은 할머니와 함께해야겠지.

제3부

차라리 새의 허공藏이 나였으면 하네

기억 저편 山노을 지금 여기

시는 내겐 폭발華한 정곡情曲의 꽃,
그 노래 송이송이 지핀 노을華嚴``弤시
그래~ 고려山에 한사코 노을弤이다
허야~ 황매山에 고대로 달을 두었지

　태양㐀눈동자 타는 魂불,ㅡ 이 山노을
　내 눈부처 든 幻像꽃, 할! 불가사의~

견우와 직녀가 아니어도, 봄맞이 굿
진달래꽃舞철쭉꽃 이`華산 어절씨구~
천상의 정원 그대와 함께 했었지ㅡㅡㅡ
　上春지상~ 고려山 붉은 진달래꽃,
　하늘常春~ 황매山 선홍빛 철쭉꽃;
이 노을 華산도 황황皇皇하구나!

그대 고봉절정華 내 노을꽃曲盡시,
화사한 사랑은 늘 앞에 있어야~
노을 그`신기루化紅爐點雪꽃이여도

　기억의 저편山노을지금 이 곳,,,난

등 뒤에다 결코 두지 않았다네,
노을빛에 샐쭉한 한복色 그 꽃.
오! 탐미眈美라~ 그대로 영원히

난 고독詩魔지옥 시인

노을魂``華嚴봄꽃, -완연完然하다.
산`좋고 강`건너 촛불보살 엄마꽃!
기도도량의 佛頭花산사 구름卍모임,
-내 노을빛無盡藏철쭉꽃 기복만하네

먼 山노을 하동지동 우러러 본~~
난,.,., 늘 천상바라기 하늘마음~~
지 하늘로 지펴 불타는 늘품 봄꽃.
-나는 붉~노을 심장으로 노래했지

華산 혼,.,.,이내 山노을,-시집은 내
환상적인 무덤 속의 황홀일지라도,
꽃은 또 다른 고요한 영혼冥想!별
나에겐 사뭇 그 深우주를 부르는
아침태양㊐눈동자 이내 저녁노을!
-끝내 내`시혼은 월흔月痕 남겼지

난 시인다운 화서花序 그 꽃에
시의 혼魂이 아니어도, **무차별~**
 꽃이 말하고, 별빛이 소리보고,
물결이 듣는~ 쪽빛호수㵐은하수.
선명한 예지夢시참마저도 죽인.
천상천하 독심술다운 **내 詩로는**
無名시인이나 진정 無明아니리,
난 고독詩魔지옥 늙마 시인이네.
-어딘가에 심을 유성만 늘채다

63

선천禪天, 내 노을

찬란한 노을이 그리 아름다워도-
해질녘 저녁노을 어쩌란 말이냐~
찬란한 아침노을이 일순간이어도,
저 태양빛 세상 어쩌란 말이냐~
내 마음속 서정시는 늘~ 그랬다.

-아침日出노을, 진달래삶견우,,,
　저녁斜陽노을, 철쭉꽃꿈직녀,,,
-진달래莊嚴철쭉꽃~운명이었지
　철쭉華嚴진달래꽃~사랑이었지

내 청춘 미친 듯 산정山頂으로
저녁노을~ 저녁禪天``魂태양~ 흠,
내 늙마 미친 듯이 바닷가로
아침노을~ 아침神``禪心태양~ 흠,
내 화장걸음은 山노을이었지.,,!

달의 산, -神이 된 여자 그 여신.
밤새도록 월훈月暈은 서쪽으로만,
성근 별무리가 우주에로 속살다.
山노을 그 자리에 아침夢노을로;
오! 詩인지~ 神을 찾는지~ 나는
화엄美 아우른 찬가,.,, 頌장엄!

기도詩는 혼연히 맑았지 ~암,
뉘 알랑 가 몰라~ 시인의 꿈을
보름달 아래 천추만세 후에나;
고은 꽃이어도 그 꽃 중에서도
노을華 쩡쩡 흰빛禪목련꽃나무.
-내 시詩가 腦신통 그렇다네.

달도 비껴가는 골목길

우리 동네는 가끔 간이-살림살이를 흔히
버리고, 소리 소문 없이 이사를 갔었지.
바퀴벌레, 습기 찌든 곰팡이도 외출하다.
오늘 중천도 내려앉은 삼일천하 땡볕이다

진회색 대문 밖 정중앙엔 노랑꽃 피었다.
시멘트가 금이 간 곳에 알뜰히 솟아나~~
신나게 웃는지, 아주 작은 3형제 꽃에게
"사랑 한다"고 살며시 쓰다듬어 주었다.
씨앗은 바람으로 땅에 우연 안착했지만,

"오~ 제발, 그 집 이사를 가지마시길~"
철 대문 그 노랑꽃에 기우였으면 하나,
이미 이사를 간다는 榜-벽보가 붙었다.
그 꽃 볼 일도~ 며칠 안 남았다 아~휴
어차간에 내 월광도 비껴간 골목이지,
입구엔 33층 아파트가 숨통을 조이다.

달이 숨어 가버리듯 가난한 지층엔
으레 새벽안개로 자주 이사를 갔다.
언뜻 대문 앞 쌓인 폐-살림살이들,
그 꽃 본지 노을光'白夜오로라 꿈인가.
가구에 짓눌린 무간나락의 패랭이~
무시로 내 맘속의 꽃化體만 애꿎다.
이젠 만날 알도 볼 일도 없겠지~쩡

65

AI-詩는 절대 悟감성이 없다

난 주신酒神의 희망고문으로 온몸이 녹아있다.
태양빛이 불편해서 검은 안경도 쓰고 있답니다.
지하철은 한강 위로 긴 지네처럼 지나고 있습니다.

한 번도 느껴보지 못한 폭염 속 내 머리에선
식은땀이 흠뻑 솟아나 줄줄이 흘러내립니다.
엄마는 시인의 땀을 矗~알부민촐이라했던가 잉잉
다리부터 머리까지 힘없으나, 무의식적 탄력으로
전신을 가볍게 차가운 내쳇봇'腦는 집으로 안내합니다.

지하철의 냉방 속은 나를 시원하게 옮깁니다.
눈을 뜨면 검은 안경알은 회색지대 세상입니다.
이상합니다,-잠깐 눈을 감으면 감전된 듯 거듭
기억의 가로수풍경과 강물과 건물들이 줄파산하며,
딱정벌레처럼 깜찍하게 작은 기계들로 변화무쌍
살아나 총천연색으로 무수히 생성돼 질주합니다.

검은 안경은 실어증 찾아 되감기쳇GPT되풀기인가요.
눈을 감으면 똑 같은 초감각에 반짝~연출됩니다.

땡볕의 무풍지대 가로수는 꼼짝없이 지쳐있다.
그렇더군요,-나의 뇌로는 절대로 보지 못한
이상한 세계인지, 또렷 기억조작으로 창출됩니다.
-무언가 환영幻影인지 꽃의 세포인지 아름답게
마구 생성되고, 다시 인공지능 휴먼로봇이 되어
지하철 차창과 함께 천연색으로 칸칸 흘러갑니다.

이상하리만치 이런 세상을 꼭 갖고 싶었습니다.
노을빛 아래 진정 꿈 아니어서 그러하였습니다.

이젠 AI가 내 머리 속 미래가 생성되나 봅니다.
다음 세상엔 아름다운 시~세포꽃분열될 겁니다.
아무리 생각해봐도, 나의 腦주름은 에어컨처럼
열 받은 과부하로 땀을 엄청 내놓고 있답니다.
─집에 도착하여 시원한 인간샤워를 했답니다.

언뜻 시가 떠올라 뇌惱를 풀어야 하겠습니다.
세상에서 내가 잘할 수 있는 마지막 힘글,,,,
내 살아가고 버틸 수 있었던 목숨~시詩였나,
나의 뇌는 시 쓰기에 알고리즘AI최적화됩니다.

이쯤 황혼黃昏은 거룩거룩하다

태양황금빛`禪달―
천연天然태양빛`禪詩삼매, 두루 해 온
썩 오랜 세월이었지.
달無始無終해―
천연飜然달빛禪연꽃, 다해 온
한결仙侶의 나날이었지.

난―사랑하고, 늘 사랑한―당신

오동잎이 품은 보름달
늘 半跏思惟 그 정신淨神! 우린
아～흐 萬枝서리 잣나무 맹세一根

이쯤 늙숙이天生부부

임이시여! 사랑頌`因緣해탈,
山노을華장엄미 노래 화엄.
자연律 지구人間神우주에
우리는 차나무禪고목이네.

지우금 당신偕老同穴난

늘 섭섭지 않는 마음～ 훔,
그렇지 뭐～ 옴 이승般若저승.

선한 심장♡위대한 예술魂

♡ㅣ것보다 내 심장은 급박 감탄당하다
♡ㅣ것으로 예술을 말하는 것도 아니다

음악가의 심장이 거룩하게 古典관통하다
그 먼 폭발華한 절대음感 노을化 탄상,
이 세상에 없는 律呂소리에 탄력盡誠이다

그건 강물이 흐르듯 고요한 노을血,ㅡ
그는 거대한 양수律 만물ㅂ명상하다.
그건 바다가 일렁인 물마루 석양血,ㅡ
그는 위대한 음수律 우주ㅂ명상이다.

그`예술魂으로 피아노~음파에 촉각이다
그의 심장은 율동 탄 禪혁명空冥소리다
창밖엔 구급차 소리로 뉘 심근경색중 심장인가
전혀 다른 장르의 세상을 억척 살아온 사람들!
꼭~ 살아야만 하는 고전적인 위대한 예술가를
위하여 죽어진 한 인간이 심장을 지고善내놓다.
이식받은 생명의꽃 그`예술심성 되살릴~런지
예술가들은 그 분이 급박 오시면ㅡ
오만상靈感에 미간~魂을 찌푸릴~런지,
♥선인장이 꽃피운 그 사막의 심장은
소리가시로 오만가지노을血 토할는지,

♡ㅣ것으로 강심장을 말한 것 아니다
♡ㅣ것보다 앞서 내`예술 강타당하다

하늘여름

오늘은 싱싱한 꽃나무의 쨍 여름하늘-
가난해도 山구릉에서 살 때가 좋았지요.
아침마다 유리창문을 활짝 열어놓으면,
뒷산에서 불어오는 아카시아 꽃향기가
온종일 향긋하고, 너무나 달콤하답니다.

뜸하지만, 언뜻 아카시아 향내라도 나면,
갈 길을 멈추고선 하늘을 덩달아 봅니다.
황토길 언덕의 옛 신작로 가로수였지요.
요즘 만나기도 참으로 어려운 일이지요.
  외각쯤에서나 낯설게 만날 아카시아-
가끔 여우비에 풀죽어진 더북 꽃송이들,
한여름 땡볕은 사선그늘도 웅신하다.

난 그저 하늘을 보며 위안을 받는 답니다.
하늘에는 흰 뭉게구름으로 주렁주렁 맺힌
아카시아꽃빛송아리~눈썰미로 청량~봅니다.
늦늦더위에 흰 꽃이 추석~夏夕~피어나지요.
양손을 펼쳐 가슴에 안은 **저 아카시아~꽃**

아카시아酎엔 蜜源꽃향 흥蠹~ 풍성하다오,
그 시절로 생각하면 한가득 행복했지요.
이젠 도심 아카시아 꽃은 하늘에 핍니다.
-오늘은 송이구름 쨍~하늘여름이다.

무슨 말하는지 알지만,
그 세월 바람만이 다 안다하네

따뜻한 바람이 진언眞言하는 데로
바람만바람만 뒤따르는 내 사랑아~
가시바람 시새움이네, 아니 그런 가

바람~ 세상바람, 바람~ 인생바람

ㅡ살다보면 애달다 살아가다보면,
 다들 사랑~참 살아가는가 보다
뭐~ 삶이란 다 그런 것이제~ 음음

매서운 바람이 주문呪文하는 데로
바람만바람만 뒤따르는 내 설움아~
훈풍만이 아니라는데 아니 그런가

바람~ 바람세상, 바람~ 바람일생

ㅡ부대끼면서도 느긋이 살다보면,
 다들 바보~참 살아가는가 보다
뭐~ 삶이란 다 그런 것이제~ **흠**

그 바람개비 아직도 돌고 있나요
그래요, 상큼한 심장으로 넌지시
우리 가을丹楓여행이라도 갑시다.

예술魂, 즉발 그 비수를 넣다

예술가의 최고점인 이 극한 무한경지로 초월한, 이 절정의
순간에 신처럼 예술~칼인 그 비수를 넣으려하다

고니가 하늘을 끝없이 어리진 안행雁行이며,
그런 시퍼런 창공을 수평선으로 날고 있다.
선두 목에 예술의 칼날을 찰나 석둑 넣으면,
아~ 글쎄 지금도 창창蒼蒼 날고 있을까나!
─老子도 반야般若인 명불허전 칼을 말하네.

첼로를 켜는 여인인 최애最愛의 예술가들과
영감어린 그 미묘한 오만상~혼魂을 부르네.
그 신기를 찬란히 빛낸 절묘한 이 순간에도
단박 용龍의 피를 내놓을 수 있을까나~

그 모습은 허공을 불러와 모든 숨구멍의 호흡 열고
열창한 노래마다 관객과 혼연일체 되어, 신비스러운
환희를 절정으로 승화시키다. 모든 이를 천국인 듯
만장 감동시킨 예술魂이라니, 난~소름이 돋는 구나.
청음의 화신인 성악가 목청에 이 예술~칼을 神처럼
그 순간에 영원한 극락의 비수匕首 넣을 수 있나!!
─내 심장만 급박 뛰고 있어 참말로 엇~이판사판!
아~ 난 청아한 징소리를 비수로 긴 가시만 키우네.

신인神人과 초인이 창출한 그 예술魂을~
뮤즈만 아시는지. 波頭같은 황홀 너머선
예술~快의 신명을 나는 알 수가 있나?!
─난 심장이 어긋나 노래를 못 부른다.

최고조의 절정, 예술정신이 무한대라면
난 시퍼런 칼 맛 그런 혼질昏窒 경지를
확수고대하다. 하~ 세월 기다린 나마저
황홀한 가시, 이 비수에 난 죽음이어도
영원히 깨닫는 일이야, 아앗~무서워라!

종일 힘글詩 궁리에 매우 진득거리다가,
가죽방석이 온통 균열 가도록 칠년苦行.
복사뼈에 피딱지가 붙어도 그냥 앉아서,
이런 시 쓰다니~ 허울 좋은 하눌타리네.

노을橋, 그대와 함께하나니

그대와 난 신기루사랑은 아니겠지요.

아침노을은 봄 햇살 동녘창이지요
도시엔 노을빛다리를 볼 수 없었답니다.
난 꽃필 홍매화나무로 혼자 타오른답니다.

―한낮 새털구름엔 중천 무지개도 날지요

저녁노을은 서쪽 앞산에 펼쳐집니다.
노을橋는 장밋빛구름 길 내어 피어나지요.

그대와 난
오늘 하루를 노을빛 깃든 가을丹楓홍차로
싱그레 만났지요, 강변 놀도 그렇다하네

이토록 저녁노을은 더 아름답게 오지요
언제나 그대와 노을華 함께하나니―――,
까치놀로 만나는 오작橋인연 아니랍니다.

서로 그대라는 청실홍실 사랑이라면―
아침에 뜬 저녁노을뿐이겠습니까
―도시의 아이스홍차는 상큼 하답니다
저녁에 뜬 아침노을뿐이겠습니까

그대와 난 신기루사랑은 아니겠지요.
붉게 물든 영산홍으로 그대 있겠지!
언제나 달뜨는 山노을만 바라봅니다.
―내일엔 무지개칵테일홍차는 어때요

황금모과의 황금휴가

지구표면의 공간인 공중空中은 모과나무의 터전이고,
그 황금열매는 거지중천居之中天인데 유한-空이다

가을 깊어 단풍도 지 홀로 자하丹霞로다.
알찬 山모과가 황금色선락仙樂으로 익다.
上상치 모과가 가지에 매달려 있을 때-
바람결 대롱대롱 육덕肉德이려니 했는데,
창공은 청정淸淨 드넓어; 그 무게마저도
너무나 커 가늠할 수 있는 虛空티끌이다.

과실마다 텅 빈 無心공중인지도 모르고,
낙엽이 무수히 속삭여도 큰 황금모과는
무한년無限年이여도 스스로 명상중이다.
 고처럼 똑~떨어질 모과가 아닌 한 몸,
벼락바람이 옹이 뼈~때리듯이 적중에
가지가 찢겨지나; 중력해방도 잊는다.

지락至樂의 계절로 필연인 툭~낙과로
바위에 우연 모과눈퉁이 먹는 순간-
육과와 씨앗들이 몽땅 해방된 향기로
자연스런 출가 새싹靈座영생 귀의하나,
세상사 지혜 안듯 온존이 천연스러운
모과만 황금色반락般樂 이타善보시~중

모과나무는 허공 이상으로 침묵이다.
심심하면 산으로 휴가를 가십시오!!
산행하던 이가 황금휴가로 횡재하다.
-꿈꾸는 山~삼딸은 낸들 모르오.

75

한가함 뭐~ 그렇지 나는

지상 중화동의 장미공원이 아닌,
아이처럼 하늘공원이 떠올랐다.
높은 山구릉의 숲 공원이, 아닌
따뜻한 햇살이 흰 구름을 막~뚫고
쏟아낸 쪽빛窓은 늘 하늘공원이다.
-그 유리창을 매미소리로 맴맴~닦는
한여름으로 지난 꿈도 보여 주었지

소일거리도 없이 심심하던 일도,
요즈음은 깜깜 생각이나 그렇지~뭐
어린 시절에 놀던 바투 꿈 아닌가,
애써 잡으려하던 왕 왕~메뚜기가
냅다 먼~ 하늘구름으로 도망갔지.
뭐 공원풀잎쫌구름하늘 속 저 멀리~흠

햇빛이 나에게도 포근히 내려와 비추어진-
유리창에 한줌 자리 잡아도 꾸벅 졸더라도,
왕눈이 잠자리의 날개가 투명하게 살아있는
그런 시맥翅脈부챗살이 햇볕으로 산란紋이다.
-창밖 아이 손짓이어도 소란스레 날고 싶다
-문득 아름다운 날개로 난 날씬 날고 싶다
-詩夢~ 너는 아느냐! 이 나비로 불러봅니다

한가하여도 심심해도 눈이 밝던 가,
애면글면 시맥詩脈만 살피고 있다.
완고한 육신마저 균열龜裂이나, 내
죽어질 왕대 꽃만 피운 시인처럼~
시심은 창가의 쪽빛하늘로 향하다.
-이젠 유리창은 아주 작은 꿈이지

그냥저냥 소일거리 없어 게으르다.
허튼 수작만 속절없이 뭣~ 하려나
나비 翅脈지상은, 나의 詩脈세상-
꿈 그렇지 뭐~ 꽃할배가 아이처럼
유리壁창의 나비처럼 몸살 중뿔나다.

환희, 징소리에 핀 꽃

맑고 청아한 ~암
징소리~~ 하~ 절품絶品.
긴~ 긴 여운 살찌빛소리,
이 첨단의 소리 그 끝에
요마~ 솟아난 여린 풀꽃.
-꽃은 그냥 피어난 게 아니다
홀연 내 눈빛에 소리로 든
아주 작게 웃는 듯 그 꽃,
빗소리 홀연히 침묵하자
그 끝을 잇는 징소리에
울음소리 숨어들고서야
비로소 마음 깨닫듯
소리 없는 이 고요,
저 뜰 앞 모퉁이선
작고 섬세한 희열.
소리律 막 피어난
이슬 반짝 빛낸,
썩 고즈넉이 한
그 미소를 띤
자주色패랭이꽃.

처음 풀의 몸짓은
꽃으로 안 오려고,
내게로 안 피우려고,
그 징소리로만 저리로
길게 가서~ 울음으로
끝까지 길게 가~ 어쩜
내안 찡 파고 든 이 순간,
아~글쎄 고요 귓문 열리듯
-꽃은 저냥 피어난 게 아니다
내 눈썰미에 든 소리光살찌
너 아니면 나, -차가운 비로
툭~ 가슴 멎은 듯 먹먹한
소나기 소리마저도 멈춘
징소리 끝 첨단 고독.
온몸 숨죽여 감전된 듯
끝없이 소리가 살아난
징소리律 세밀花환희.
저~ 뜰 앞마당에,
내 눈썰미에 든
쌩끗~ 핀
패랭이
흰色꽃.

관음청색觀音聽色, 그 神品풍란
소리는 보고, 색깔은 듣는, 이 의미심장한 늙바탕-감성!

참말로 잊고서야 어느새 꽃피어있는―
돌은 지초와 난초 품으니 지란지교이네.
세상에 있는 숨구멍을 몽땅 열은 바람穴,
그 분재石은 희귀 두꺼비像 붉은 화산암.
[나와 함께 있을 땐 난초의 감성도 살아나겠지]

한 시절, 흰 꽃에 흥겨운 신과 멋―――
돌이 숨~바람으로 풍란을 숭숭 달랬듯이
그 마른 긴 뿌리로 허공藏 움키라 한다.
칼바람 길이만큼 난 뿌리는 강철심이나,
진눈깨비로 초록~눈물 철철 한포국하다.

온몸穴 돌이 어린지초도 잘 품고 있다.
돌은 꽃봉~노을이라도 생각만하는 지~
검 거북이像분재石엔 석양도 초름하다.
돌도 노을빛 퉁기면 화관紋 돋는 가~

놀 한 자락에도 꽃피울 저승꽃핀난초.
[이젠 소리는 보고, 색깔은 듣는 독심술~좌뜨다]
화산石도 내 분신처럼 혼魂~생생하지.

香草수석은 바람穴일어 풍란 일깨우니
꽃피울 天工~꿈엔 文神용숫바람노을익다.
흠~ 고독死할 남몰래 핀 山이끼禪꽃에
무간獄 최란도 훨썩 꽃上善若水아침열다.

시인 눈썰미가 된 맹랑한 새

아하~음,
시인이 정녕코
애지중지 살피던
무지무지 깜찍한
깡다구 山까치가
만파식적 소리에
홀연히 깨달았는지,
재바른 나래 짓으로
저리 꽃피운 猛노을이

자기 하늘로만 알았는지,,
─먼~ 딴 세상인 허공을 향한
은하계로의 하동지동 옹고집이네..
어마어마한 노을華오로라 흠모 탓에
환상痛을 벗고 백사일생인 환생魂이다..
─우주 시조새翅鳥되어 엄청 고독獄인가
초록별 너머 오로지 암흑으로 자유자재 날다..
지 허공藏세상 날다가 천국과 지옥 사이에서 장엄하게
거대한 검은 하늘이 되고만 그 까막까치가,,
황금빛─눈씨 초생生달로 매섭게도 떠올라
예리하게 보았던 지 별자리華 누리다..
─이 또한 오지게 써늘하기만 한
하필 이 칼바람 속 동짓날에
우여곡절로 시인을 만나
새삼 놀란 눈썹달이나,,
─날씬 샛눈을 뜨고도
세상 천상천하 안듯
지~ 천상계에서
홀로 신神되어
天理─花노을빛
몽땅 다스리나,,
검 하늘이 된
천연宇宙미라의
深우주 눈씨!
앙칼진 서슬
그 山까치다..
흠흠

회전-요지境 속의 내 방언方言
-직경 축으로 회전시키면 새장 안에 있는 듯이 보임

*妙翅鳥: 머리는 새, 몸은 사람을 닮고 날개는 금빛인데 부리로는
불꽃을 내뿜으며 용을 잡고 산다함
*妙音鳥: 미녀의 얼굴 모습에 목소리가 아름답다고 함

산골짝에 기이한 소문이 돌아 가보고 싶었다.
새벽이 오고 일출 사이에 뜬 안개山계곡에서는
가끔씩 한두 번 이상한 일이 일어나, 그 것을
제대로 본 사람은 감탄하고 침묵할 뿐이었다.
{거대한 안개 속에서 새가 母胎수면 한다니 신비롭다}
햇빛 들자 계곡 사이에 회오리가 맴~ 돌더니,
융성한 안개가 순식간 투명하게 사라지자마자
한 쌍의 새가 나타나 장대히 군무를 한다.─告
─요맘때 보았던 자는 너무나 황홀해 있었다.
그런 회전─요지경 속에 난 풀쳐 생각이었다.
전설적인 새,─ 묘시조와 묘음조라고 말했다.*

극락정토가 아니어서 막연히 기다리는 중~~
나는 담배 한 모금만 허공에 내뿜을 뿐이다.
연신 도넛 같은 연기 속 그 새를 환상 담다.
　{이 후로 시치미 떼듯이 아무 일도 없었다가}
어느 날 내게도 행운 같은 기적이 현현했다.
안개가 사라지자 소원하던 새들이 솟아났다.
놀라운 일이어서 그 山계곡을 빠져나오는데
그 새들이 작아지며 내게 가까이 다가왔다.

금계金鷄만한 그 새를 난 신들린 듯 달래서,
호주머니에 넣고 한껏 흥이나 집에 당도하다.
山고봉의 이문異聞은 방언처럼 영~ 사라졌다.
　　{금계인지~ 팔색조인지~ 벙어리 냉가슴이나 애지중지}
난 새들을 다락방에 모셔놓고 잘 놀고 있다.

나의 독서실 겸 끽연실이나 다름없었는데-
난 젊었을 땐 용처럼 화를 뿜고 살았지, 이젠
늙어서 담배연기만 바작바작 내뿜고 있다네.
아~~ 글쎄 재주 많은 팔색조가 숙달이 됐나!!
내뿜는 도넛연기 속에서 새들은 멋진~춤이다.
-서로가 꿈결 같은 황홀境의 나날이었지.

비밀의 밀실엔- 신비한 새들의 지상천국이듯,
내 휘파람에 노래하는 새와 절친 중이었는데.
어느 날 한여름 밤새 폭우에 허술한 다락방은
온통 폭염 속 안개로 가득가득 차고 말았다.
{아~ 글쎄다 山안개가 있어야 어뜩 그 기적의 신비가!}
새들이 무장~커지더니 급박 나를 움켜 채다.
-그간 본 죄가 있어~ 내 모신 죄가 있어~
지금도 그`고봉絶頂 꿈~ 난 자연인으로 살다.

공작새가 수천 개의 찬란한 눈빛으로
울고 울 때는 그야말로 지독한 사랑이다

어느 날 싱싱하게 잘~ 익어 알차고 붉어진
천도복숭아의 씨앗들 중에서 새가 혼비백산
나타나 까무러지나, 난 신비로워 신바람이다.
깊은 산속의 신선과 놀던 새들마저 생각지도
못한, 신선만이 드시는 천도의 씨앗극락에서
태어났다고 하니, 친구의 눈빛이 신박해하다,

그 일로 깜직 요마한 공작새였는데 온몸은
자줏빛 형광 비단 깃을, 그 목에는 태양빛
투명한 치자색을 둘러 하늘하늘 아름답다.
신화神話속 미인,-새인 묘음조妙音鳥이듯이
나도 봉두鳳頭어림이라도 해야 할 판이다.
난 솟대쟁이 되어 超인성 속삭이며 참말로
비밀처럼 삼밀三密로 발설 안하기로 하고,
서로 꿈이야 생시야, 성장痛최애로 미쁘다.
-나를 잊게 한 황홀境은 아직도 삼삼하다

폭염暴炎인가, 그러던 나날 공작새 미인은
포플러나무에 바람뭉치 휘둘린 무성한 잎
속이 지 세상인 듯이 홀략히 쑥 들어갔다.
나뭇잎 곱게 단풍들어 몽땅 떨어져버리고,
미소녀의 얼굴은 사라지고, 황금부리가 된
공작새는 극락에 갔는지 척애로 사라졌다.

그 후 오랫동안 이 나뭇잎들은 단 한 번도
단풍 든 적 없었다. 포플러에 노을 깃들면
나타난다는 그 전설적인 묘시鳥~ 짝이던가
석양빛이 지면 새들은 애절한지 처절하게
울어대는 새는 새들끼리 단풍사랑인지,,,,
공작美人을 향한 내 영혼은 천산지산이네.

천도씨앗극락에서 탄생한 그`새와 인연이나,
난 신선神仙도 아니지만 그런 공작美人새와
새삼스러이 멋진 안행雁行으로~~~ 딱 한번
인간하늘夢세상 일로 날아볼 요량料量이다.
이 새벽녘 천락수가 포플러 잎들을 씻어내
해우고解憂-난 후 수억 개 찬란한 눈빛이다.
여명으로 솟구친 예지夢 새는 영매神木인가
청록색 잎無盡藏햇볕으로 홰를 치는 공작새!!
-그 기억의 환희는 내 유일한 불사조이네

이젠 나의 천국 세상은 없고, 늘 목석연한
정자樹라~ 그`골목길 영~찾아가지 않았지.
　지금까지도, 난 신선夢솟대쟁이를 모른다.
난 불면의 밤엔 장자莊子와 시詩를 쓰고,
이 시인 고독엔 허무가 넘쳐나 맹랑하지만
공작美人새는 단연코 용모로 울지 않았네.
-누구나 사랑하는 동안 그 찬란한 울음엔
수천 개의 눈망울이 통통~ 불지 않는다.

이문異聞
무슨 꽃으로 문지르는 가슴이기에
나는 이리도 살고 싶은가 ─서정주 詩제목

신기한 소문,─
상사화 붉게 솟아 꼬느는
저~ 필연 모란꽃爆笑웃음.
나랑, 넌 알랑 가 몰라~

유치찬란한 우연因緣─
지상의 시분天,─ 非夢似夢
뇌쇄秘藏미소 그 꽃이라니!
내 눈씨, 딱 알랑 가~ 넌

神들린 순수舞꽃맞이─
죽어도 좋을 이 노을花.
천상의 도리天,─ 耳聞目見
저 화중화 내 華모란이련.

이승萬丈生光상사병,
저 낙화유수~모란 꽃잎
송 사뇌가頌``詞腦歌라니.
그 월흔月痕 슬픈思量사랑은
참말로 짝사랑 아니라니,
뉘 죽어질지도 몰라라~

이상한 소문쯤,─
이팔청춘이여! 운명愛
처녀 총각의 연분이야~
─사무사思無邪이네

제4부

내 스스로 바보새가 된 시인노릇이네

마하摩詞 그 시혼

내게도 深우주 부른 시가 폭발華하다.
매화가 江山소리를 듣고 싶어 꽃피웠건만,
지~꽃잎雨順風調소리나 하늘로만 휘갑치다.

꽃이나사람이나 소리가 노래 될 때가 좋았지

그 융융한 노래는 山노을莊嚴`美시-
아암~ 고려산 정상에 고대로 두다.

오늘 태양眼光은 사라져도,,,언제나
노을은 내 가슴속 타오르는 불꽃詩

그대와 난 함께하나니,,,,,시인魂!

가도 가도 고려山엔 진달래常春꽃,
저 화산華山도 섬섬閃閃하나니~

그대 하늘마음, 노을華행복지수합창!

산정山頂 맞닿은 노을-
천공天空 아래로 출렁~ 솟구쳐,
숨도 멈춰버린 압도된 이 절정 속
내가 승천하듯이 선히 장관이다.

인생수첩속의 시詩

내가 쓴 詩중 가장 마음 편한 고백인가.
붉게 빛나는 한가을로 지우금 서 있었지.
누구나 만날 수 없는 주인공을, −가슴속
기나긴 서정시로 하염없이 연이어가겠지.

가늠할 수 없는 사랑과 미움이란 연유로
난 가슴 아픈 인생수업도 하고 있었지만,
그간에 겪던 선악神을 이미 알았더라면~
나의 꿈과 삶이 보다 거룩하다할 런지−−
　[그 시절엔 아버지의 솔가率家는 거대한 가마솥 밥이었지]

인생은 꿈속의 꿈만 같은 것인지, 나는
호랑나비의 계절로 유한함을 알고 있다.
낡은 인생수첩 속 내 마음 빛바래져도,
난 시인이 될 수밖에 없는 운명인지−−
　[어머님의 유달리 詩人사랑은 거룩한 보름달이었다]

네 순수 첫 시집은 "달과 눈사태"였지,
이 한겨울 첫 폭설이 하염없이 내리다.
식탁엔 가족 수만큼 행복한 웃음보−꽃
나의 탄신촛불이 따뜻하게만 밝혀지다.

해안가 솟대 앞에서

늘 먼 길손 안려雁旅이어야~~ 잠깐만이라도
해안가 우뚝 선 솟대는 선한 까치놀 그리워했는지,,
한여름 중천의 볕기로 깡마른 가뭄이다.
지옥熱 모래에서 살아날 화중신선일까!
이 모래밭에 흰 번개뿌리를 내릴 것인가

붉은 보름달이 홍옥처럼 불길하게 뜨고,
서러운 내 인생사 말이다~ 시인으로서
죽어져야 불타오른 사랑을 알 것 같다.
검 태양이 된 것처럼 세상사 혁명으로
미워하면 스스로 희생양 될 만도하지~

그 사랑이 십자가火께지옥이라면―
신의 지혜를 가진 신인神人일거야~
그렇듯 사람은 온갖 번뇌 가졌지만,
이 또한 위대한 인간승리다.

우주의 별과 달을 보면서, ―시인은
홍매紅雨바람마저 환희로 노래하겠지.
내 굴혈인가 처참 수녕水濘속에서도
시간論공간의 그물로 惱시를 살리며,
나 혼자만이 고독獄감탄~! 삶이었나.

폭풍전야 노을이 와도 해변 하늘의
홍옥은 내 중력처럼 견디고 버텼지.
사과는 원초적인 원죄原罪였지~ 암

바닷가 꽃핀 해당화 싱싱 보고지고,
메마른 모래밭에서 살아난 꽃나무!!
당장 나는 바보새로 날아가고 싶다.
죽어져 선 솟대는 까치놀 그리워하는 이적異蹟,
늘 가까이 온 길손 안행雁行이었지~ 그 해안가

이것이 절명詩다

오늘도 저녁도 내일도 아침도, 매일매일 -난
인생詩골방에서도 끝없이 한 인간의꿈을 쓰다

절망은 죽음에 이르는 병인데, 단박에
난 시로써 절필 아닌 내겐 절명詩도 없다
요즘 내겐 희망이絶望사이絶命죽음이 시참인가

절규가 아닌 憤怒사이沈默 내안의 그런 묵상-
시인의 모진 세파獄! 나여서 기도는 섧~구나,
그토록 아름답던 하늘가 노을도 해~설핏하다

알려하지도~ 말하지도 말라~ 일몰 이 침잠,
주먹질 울음이 내 심장을 울컥~올리고 있다
가까운 사람이 죽어질까봐~ 난 늙마 두렵다
인간은 삶과 죽음이어도 존엄神人영원함인가!

시조새翅鳥가 된 꿈속의 난 허무喩 암흑시인

자유! 숨탄것들 다 천수 누릴 수 있나-
나를 내려놓는 절망적 태산, -뉘 벽면수행
태양을 수없이 삼켜야 하는 저 와불山미륵,
노을 지고 달도 없는 수묵色산만 높다랗다

난 산벼랑에서 인간山새로 허공藏 적멸인가

그간 시로 애타나 고독獄 못할 내 참회할
혈죽詩 없나니, 한 시인만 흑化 깊다랗다
내 스스로 혁명할 불굴歌도 없어도, 아~
山미륵에 뜬 노을漸入佳境만장생광解脫詩化

새도 석양빛 투명散亂창에 부딪쳐 시찾다, 내처

나 혼자만이 절명詩 고독 속, ─나만이
아침노을도 미래도 저녁노을도, 매일매일
미륵山황혼이어도 이젠 내 하늘노을시인하다

상흔傷痕,,,고백 난 회심灰心

**은사 구상 시인이 "거울 사육사"-란 얘기엔 이 세상 가장
사나운 맹수들만 모여 있는 공원 관람한 끝에는 큰 거울이
맑게 빛났다며, 그 거울에 비친 자기의 모습인 즉 "사나운
짐승은 바로 인간"이라며, 사람의 참된 善을 강의하셨다**

바다 속으로 든 햇빛처럼 내가 살아온-
그 깊이엔 투명한 기억이 천착하고~~ 암
인간 몸짓으로 헤엄하기를 포기하려한다.
짐승처럼 분노한 폭거를 난 잊으려하다.
거꾸로 간 난감한 세월 그 공공善~ 없는
절망에 이르는 병 난 꼼치生 이방인인가

나의 유년시절 아는, 생구라는 그`호칭을
싫어하듯이 난 깨어지는 투명反射유리였지
　비루화가 된 내 惱직통의 선악神들-
대화가 없는 악몽의 나날 앙버티었으나,
내안 순수영혼 알듯 난 희망고문 당하다.

-육체적이든 언어폭력이든 각인된 것
-腦흉터로 은결들은 난 눈엣가시던가
-내 애증시절로 워낙 사람~버거웠다.

그`바다 속이듯이 울음욕망, 그런 폭압
야만스럽게 당한 강폭 뒤엔 冷가출도,
흑化로 파고든 내 옹어리진 그런 굴곡.
그렁그렁 눈물毒素만 흐르고 흐르는~
가슴구멍을 뚫어 꽃가마 탄 신세인가.
무지개다운 눈물情도 호사스러움인지,
미움강철비사랑 포장엔 사람~무거웠다.

인권이 없는 서러운 아이여서, 나는
그 시절에 강철鐵심비를 맞았듯이~
라디오의 시그널 음악이 흐르면, 난
그 파랑새 따라 어둠속에 자진하나.
누구든 그런 나의 腦흉터 몰랐으면,
山노을 상실에 검은自閉거울,-악마夢

아프니깐 묻어두는 일, 선악神인가.
경멸할 공포 그 腦심층~ 각인되다.
어린심장의 꽃을 꺼내 짓이겨버린
이 구원幻想마저 인간神 사치인가.
상신傷神이 숨통으로 조여 오듯이
山노을 이 精華치유마저 표백하다.

난 파랑새처럼 자유 찾듯 꿈꾸지.
발가벗은 내 서사 그 누구도 나도
몰랐지, 感光板지옥으로 각인된 옛
상흔; 이 어둠속에서 빛난 별이나
유년에 깨진 검유리星~'星파편이다.
그`짐승幻影거울처럼 또렷 투영되어
이내 살아날 내 腦흉터가 두렵다.

난 讒讒정신줄을 놓지 않았지-
헛 비눗방울色 번뇌 끊고, 막능당
지혜의 영검을 신에게서 받든가.
하늘㐁'노을쇳물로 착색된 詩인지~
詩魔인지~ 나만의 뮤즈詩神! 정녕
난`무지개詩魂강철심 삶 시인인가.
-至密이어도 더 할 말이 없다

내 시참詩讖 일게야
-내 마지막 인사는 긍께 無題 시이네

그대가 태어난 날—
거룩한 성좌天전갈자리

그대는 천생시인—
고대로 해탈德붉은 노을

그간의 無玄詩境—
지 홀로百八煩惱,,,,恨소리

안녕 홍련화 내 사랑아~
노을이 사뭇 아름다워도,
해질녘 저토록 다함없이
우리네 천계 노을色이나,
사랑滅을 어쩌란 말인가.

미움變化身사랑노래 詩여도
그간의 세상 청산舞이나,
천 개의 노을 꽃으로 난
죽어질 홍진轍詩만장이네.
반야龍船 타고 피안으로~
흐르는 먹구름 명경대엔
그`안볼 눈썹달 황연하다,

훠이 훠이 초혼이여~! 뉘
은연중에 저승말 서리나,
소리쳐 처절하게 불러도
노을天魔열반境 나였던가.
연옥界까치놀,,,,행진으로
무현妙`言識시인 귀천이네
와불山미륵도 언진言盡!

코브라 가수, 유명세 날개 달다

요술 램프가 아닌, 둥근 바구니에서나
춤추던 코브라가 가수되어 환상痛이다.
피리 부는 사나이는 종합 예술가라며,
그와 신비한 지휘자로 스스로 신났다.

센 독을 뿜을 때마다 리듬 타면서도
박자를 맞추듯 그 기교가 능란했으나,
코브라는 늙어서 주인인 그 연주자가
애걸~복걸하여도 춤을 못 추고 있다.

예술인은 의사 친구를 잘 만났다나, -
코브라에게 요절한 천재가수의 심장을
이식하자 어찌된 연유인지, -새삼스레
트롯인간음원인 신명에 超絶~감탄하다!
코브라는 날개달린 인기가수 영락없다.

최신곡인 「노을華산은 설국」 -이 열창엔
세상 아름답고 순수한 첫사랑 가사로, -
청춘들은 희망고문이나 즉발 황홀해하다.
이 미성感性마성에 기절초풍이다, 드디어
코브라미인 성형가수의 트롯판타지영화로
극장가에 단시일 인기몰이로 귀인대접,,

이를 어쩌나 일 년 반이 지난 후-
심장을 집도한 명의가 합병증 진단 끝에
그 미인가수는 수주일 안 사망할 거라며,
전문의는 최선을 다했다고 애석이다.

雪山노을다운 절묘綺麗음색이 우리에게로
몰아쳐서 새삼 심금을 울렸던 이`불세출,
그 노래가 TV마다 특종뉴스로 절명하다.
코브라가수의 함박미소 띤 트롯魂열창엔
눈 녹듯이 한 초콜릿인간化로 환혹하다.
쇼폼 광고는 3초간 천파만파 끝장이다.

처음 내 눈부처에 든 시인

골목의 영화 포스터 문구는 충격적 이었다.
또한 상품의 선전문구와 노랫말은 마력이다.
아마 그때 감수성인 그 호기심이 먼저일까?
첫 눈썰미로 본 내겐 운명적 시인은 누군지!

가난에 찌든 영문학자의 부인이 우리 집으로
달랑 서너 짐 리어카에 싣고 셋방살이 왔다.
어린 난 유심히도 살펴보니 책보따리였는데,
둘 곳이 없어 큰 다락구석에 임시로 풀었다.
여사는 일본어가 능통하여 여행사에 다녔다.

－학창시절은 뜬구름신세이나 난 시에 진정이다
　가끔씩 다락방에서 일본잡지와 시집들을 펼쳐 보았으나,
그 주인공은 하늘에 계신다고 했다. －독서광이 한번 읽고
버리는 핸드북 책들로, 영미 소설가와 고전적 유명시인의
시집이다. 행간마다 방점과 첨삭어가 온통 붉었다.
－책의 속지마다 간간 폐병의 핏자국이 엉뚱하게도 도배였다.
내 상상에는 영미문학 전공 조교가 늘 공부만하다가 죽어진
골방엔 달랑 책상 하나인 가난한 시절인가 보다. －조교의
육필시를 어쩌다 발견했을 때는 내 눈부처에 있듯 지금도
써늘했고 지적인 난해한 문장이다. 헌책방에서 산 영미英美
시집인 한글판마다 그 시절로 한결 세련미가 없었다.
－난 腦흉터로 은결들은 악마夢美醜 그 시절이다

그런 세월로~ 고등시절 국어선생이신 시인의
말씀 한마디가 내 심장에 지긋이 감화되었다.
그 영문학 조교에 흠씬 **빠져** 시로 고민~차에
시란 무엇입니까? 나의 질문에 解放치유처럼
"시는 이 세상 **천국**보다도 위대하다"–하시며,
엉뚱한 학생이라면서도 서슴없이 답변하셨다.

드디어 교지에 내 시가 실려 난리~ 났었지.
아직도 그 감성시절을 잊지 않고 내 스스로
내가 원했던 내가 꿈꾸며 행하던 일이어서,
–정녕코 운명으로 받아드려 평생 시인하다.
세월이 가 여쭙지 않는 시를 쓰다가 문뜩~
스승님 눈부처엔 내 얼굴이 생생히 묻는다.
"천국"~뜻 알려면 비밀리 뉘든 물어보시오

이승 천양지간天地間 저승

이젠 하늘이 있어 내가 존재하는 것이 아니라, 내 눈부처에 든
내가 바라던 빛난 시처럼 나의 노을魂이 있어 사무치게 사는 게야~흠

북극한파 오고 절망과 절명 폭설마저 무진장
내렸다~ 그나마 햇볕으로 청량한 날씨다.
아무 일도 아닌 것처럼 여린 설한풍처럼,
차가움과 따뜻함 그 사이에 형은 죽었다.

풀 한 포기가 눈 속에 고독死했듯이 이날
이방인으로서 神도 죽었다. 그 다음 날은
햇빛도 새파란 하늘도 희망과 죽음 칼바람도
아무렇지 않게 이 사이 갈등禪 세상이다.

시를 쓰다가 죽어질 간난의 골방에서—
형은 애간장 그 사이여도 시가 전부였지.
그런대로 햇볕이 드는 날씨에 빛바래진色
플라스틱 꽃의 묘지엔 절명詩는 없다~네.
눈이 포근히 날린다고 찬바람이 말하네.

형~시에는 순백의 눈으로 아직도 내려와
무덤의 행간마다 아~ 천지간 끝없는 침묵,
그 함박눈은 명명德만큼 소복이 공평하다.
고처에로 층층이 비석銘은 존령 이승이네.
설국도 저승인가, 세상黯然시인 아~~형님!

꿈속의 꿈, – 흰 국화꽃 헌화가 그렇다네.
형님이라 불리던 천사라~ 칭하던 시인이
뭔~언참言讖했기에 超주검 외마디, 그만
유고詩이였던가~ 턱밑 당도한 하늘인가;
언 상국霜菊! 풋~노을 아니어서 다행이다.

아주 고약한 지구의 변辨

 해류가 없다면, 미동하지 않는다면,
시나브로 죽어가는 열돔의 바다−
파도는 격랑激浪으로 매우 쳐야한다.
움직이는 거대 빙산이 녹고 있었다.

모든 해양 동물도 자연氣숨도 없다.
−바다는 출렁~소용돌이 쳐야 한다.
찜통더위極限열기가 지나간 자리에는
내 뇌시腦~詩도 폭염에 심살내리다.

극한호우도깨비장마 연일 긴~ 폭염,
아~ 앞으로 1억년 동안 점점 더~
지구 열기는 밤낮 웅성깊게 덥다.
태양의 폭풍 그`삼색 오로라이나,
검은 바다色은 만화경~꿈 아니다.
−바닷물 온도가 높아지고 있다.
 오늘도 죽을 고래가 그리 많다니
−내일로 녹아내릴 설산도 있다.
지구엔 저승길極熱지옥문 열리다.

이어도 사나~ 이어도 사나~
그녀는 고래상군물꽃인생이다네.
돌고래와 삼다도 해녀가 우연히
만나, 천연스럽게 주고받는 멋진
휘파람 그`숨비소리를 듣고 싶다

103

황토符籍황소두상! 발견하다

단골 치과는 더 높은 층으로 이사를 했다.
난 간장게장에 치아─쪽이 나가 방문하다.

양심치과~ 40년이라 그 세월이 탄탄하다.
시인님이 오셨다고 더욱더 친절이 넘치다.
흰 기둥면의 황소像부적에 나는 딴전이다.

치과원장님과 난 대뜸 시로 禪문답하다.
제~~ 아내가 詩가 너무 좋다고 전 한다
예~ 시는 저 신부神符황소나 다름없지요
네 뜬금없는 즉발 토우土偶주술~ 화답에
의사님은 어느새 봤냐는~둥 갸우뚱하다

예~ 곧바로, 소코뚜레도 걸어둔다지요
맞다~ 의료봉사도 사업~이니 말이다.
치과치료도 숙련된 의醫─공학이어야~
아프다고 약을 쓰는 사람, 옛적 술을
약으로 병을 치료한 의원, 酉자 쯔라~
제~ 지인이 신장개업하듯 부적이라며,
예술巫魂작품으로 건네 다행이라 한다.

그 황소두상은 황토로 빚어 그지없이
소박한 멋인 향토美 우리네 즉낙이다.
신부는 황소고집인 기세융성하면서도,
특징만 살려낸 창의적인 붉~벽사였다.
점집 종이부적이 아니어서 신선하다.
번창하시라~ 응당 복덕원만 빌었다.
치아천지공사로 내 잇속이 튼튼하다.

춤神☆대전, 그 사교댄스

춤神☆대전에 출전한 선수는 전설이었다.
고희 깎은 서방님과 玉선녀는 원앙이다.
남편은 굼-슬거워서 늘 매력이 넘치다.
부인은 화려한 공작 드레스에 사푼사푼
기교美 출중하다. 멜랑콜리 트롯박자에
춤도 미학이려니~ 神익은 멋이려니~~
가히 그 춤엔 천생 연리목連理木이다.

그 선수는 날씬한 용모의 풍류기풍엔
수더분한 미소가 절정~ 서글서글하다.
그 미인의 화갑 관절은 찬바람 들듯
시리나, 눈빛 작열한 환희☆춤 왈츠~
지르박~ 블루스~ 차차~차 한 몸으로
그 신난 발재간 율동에 관능美황홀타.
육감적인 아름다움은 이토록 찬란한!

춤神은 진정 이 세상 사람이 아닌,
예술魂이 살아있어 서로 구름 탄~
행복한 화답은 어마 발랄 탱고이다
*옹골찬 깎은 선비와 玉선녀는--
로맨스忘却묘약으로 춤추지는 않다.
*부부지간의 블루스왈츠는---
쌍학처럼 우아미優雅美 납죽하다.
*춤~신선神仙이 될 이들의----
부고는 영~날라 오지 않을 것이다.
이 부부사랑은 영원히 모란나비연꽃,
男친구는 발리댄스로 열정 응원하다.

내 시에 내린 설야雪夜

토끼해의 송년 이틀 전 밤새도록---
함박눈이 아침결에도 늘품으로 내리고 있다.
나는 몇 줄의 긴 시 행간을 오락가락하면서,
아~ 기억 스친 새해는 푸른 용의 해 흠~흠
오늘은 진주 빛이 선명한 남청색으로 떠오른
노을과 달을 불러 쓴 시가 애간장 폭설이다.

뾰족丘陵눈밭으로 어뜩 내 시도 눈사태 나다.
내 간난詩여서 그 눈에 애걸복걸 쓸려가니,
저녁노을이든, 달빛 언 눈이든 이젠 사치다.
詩행간에 내린 마른눈도 내 순백은 아니다.
시는 흰 눈밭으로 드넓게도 애써 화해하다.
설야의 무거움으로 내 시는 침잠 물시하다.
아예~폭설에 묻혀 우는 시여서 달빛이란다.

밤새 강설 같은 글발로 시는 깊어가겠지만,
고독獄운둔의 외톨이라니, 먹빛 우울이어도
-내 마음은 그 흰 눈으로 표백~됐답니다.
이제~ 눈물비 젖은 시는 그만 쓰려합니다.
함박눈은 아량雅量으로 나만큼 어루만지네.

황금빛 달이 길을 낸 시인 발자국이여도,
못난 내 월흔美醜 시여도 지우지 마십시오.
싸락눈 내리나 절로 눈물의 시는 구성지다.
제발 언 비처럼 동장군으로 오시면 안돼요

오늘도 노을 오고~ 달 떠올라~ 내 시에
뉘 눈발자국 내어 새해까지 온 여명이나,
내 눈물의 시는 밤새 지새운 폭설입니다.
난 똑같은 눈사람 되나 슬며시 빠져나온
-똑같지 않는 난 폭풍에 조각되고 있다.
여남은 빛난 흰 눈밭詩 치우지 마십시오.

가을 아기단풍 새봄

사뇌詞腦가락도 한동안 내내 가을사랑이다
사아~랑 사아~라~~앙,,, 어~하야 사랑~
붉어진 아기단풍 잎이 햇살 빛을 뿜으며,
마성으로 노래하고 있지. -첫사랑이라며
작은 소녀처럼 찬란히,,, 워따매! 그 옆에
더 붉은 단풍나무가 우람히 바투 서있네.

늦가을이라 불타는 잎마다 바스락거린
그 소리 선소리 사~아~라~앙 한다면서,
초겨울로 온몸 천지玄黃 부서지고 있다.
내 가까이 갈수록 무지 해탈紅雨이여서,
이 번뇌바람 사랑~길五里霧中성화네.

한겨울 따라 멀리 도망간 한사寒士야~
아기단풍 눈 안 들 때까지도, 서슬바람
시퍼렇듯 그 시새움도 억장 어긋매끼다.
만화경과 요지경 지나 산화散花이련-
단풍잎은 뇌우~흙비色같아 역성만하네.

붉은 아기단풍 뉘 싸락눈 맞던 그 시절,
산란雪風소리에 옛 청춘秋楓하현달 속살다.
이 길도 사랑이여서~! 영롱한 꽃잎처럼
사량思量으로 언 사랑도 묵언詞腦이네.

사~아~라~~앙,,,, 어~하야 내 사랑~
앙상한 가지의 아기단풍도 모르는 체,
잔뜩 웅크린 冬至댓바람 한사寒士도~
찬 겨울 품고 있는 사랑도 새봄사랑이다

실직 후, 모든 감성만 낯설다

오늘 그는 대문 밖에서 신발을 헛발
벗고, 부초感性인생 산발~길 들어선다.
그는 실직을 현관밖에 腦~던져버리고,
성깔이 있는 듯 사표門을 쾅~암차다.
그런 모습을 본 사람만 이상하게 남
생각할 일,- 직장 잃어 후조腦인가?

일생 도둑놈高手에게 바보가 있다는
대문 밖 암시를 준 것일까? 아니면
막잡이로 넉넉히 그 시간 준 것인가.

그는 응접실부터 고스란히 실직을
벗듯이 허무를 깨뜨리며 들어가다.
惱~지문이 찍힌 큰 유리창 앞에선
넥타이 길 구겨진 울화~ 투영되다.
꽃밭 엉겅퀴에 잠자리만 취직하다.

그는 세상 안팎에는 구분이 없다.
아직도 대문 안으로 들어오지를
못한, 헛발 세상 신발만 낯설다.
생구 강아지가 밖으로 나가지를
못해, 투명壁유리창만이 자유롭다.

철새직장, 그는 부초 같은 인생?
백일홍山水甲山나비청춘, 유리창엔
잠자리翅脈만 구겨져버린 신세네.

갈등禪은 일상, 내 인생길

내 인생 막장이라니,―
칠흑 같은 어둠속 비좁은 골방에서
난
온통~뜨거운 장마地獄습기~몽땅 삭이다.

그 극한水墨폭우 갠 후 끼끗한 晴天.
서쪽 유리창엔 어스름淡彩노을빛이 와
그때서야 나는 無限시인有限 마음 열다.

걸어가는 동안 청춘도 수묵담채였지.
늙어서도 수묵산수; 내 인생 그 길목엔
그나마 山노을色그저 바라만 보는 언덕의
늙마山'와블絶唱으로 휘어진 붓―傘소나무.

내 솔보굿만 칠십 가마詩갈마,―
난
世上불쏘시개火力,― 내 이승 참말로~
죽어져야죽어서야~ 만나는 일은 아니야
내 삶이 腦기억으로 늘 도착할까요~~

불씨色세상티끌로 영영~가더라도~흠.
날 위해 우지마라오로라처럼~우지마라
저승魔 정말 없다, 仙樂천국도 없다.

내 얘기 좀 들어 주세요

저는 골방에서 7년을 시만 쓰고 있답니다.
열대야 폭염이어도 뜨겁게 시를 헤아립니다.
누구와도 대화 없이도 내 세상만 말합니다.

내 얘기 좀 들어 주세요,
이 세상엔 엄마가 없어, 꿈도 잃었답니다.
우리 엄마가 녹초 될 때마다 맘을 숨기고,
시인의 땀은 알부민좀이라 딴전~말했지!
엄마꽃으로 진실어린 옛 추억도 쓰렵니다.

참말로 내 얘기 좀 들어 주세요,
모든 것 잃고 아직도 파산악악~고투하네요.
내 할 일이라곤 살고자 시로만 대화합니다.
난 배고플 때만 찾는 흰 찔레꽃詩눈물이네

꼭 내 얘기 좀 들어 주세요,
영영 걸어가지 못할 앉은뱅이 될까요?
내 내속으로 들어가면 말이 존재할까요.
나는 인간神이 아니어서 아~ 인간적이다.

내 얘기를 누군가 들어준다면,
정말 살아있다고 즐거워서 아우성일까요.
이제 폭염 속 샤워를 해야 할 것 같습니다.
난 후련해질 것입니다~ 플라스틱 차양엔,,,
갑자기 소낙비가 말하듯 마구 두들깁니다.
이처럼 누가 내 얘기를 두들겨 주세요.

낯섦과 도발적 영혼의 공명(共鳴)
–최수호 시인의 AI는 연상聯想하지 못할 서정의 무게

이서빈(시인· 시소설 작가)

1. 이 시인은 비의적秘意的 시詩마저도 비의秘義스럽다

진화된 시 쓰기는 변화이고 새로운 의식의 물꼬를 트는 것이다. 진화된 시 쓰기는 땅속에 돌을 꺼내 흙을 털고 다듬어 다양한 각을 입체적으로 조각해 이 세상에 없는 아름답고 화려한 빛의 보석을 탄생시키는 작업이다. '요즈음 세태의 시는 기호학적 기술인 "언표言表 우위의 시대"이어서 신선한 패러디라지만, 나의 서정시는 "기의記意 이미지 연결"로써 詩 창작을 심도 있게 할 언어로 연계하여 차별화하였다'고 시인 본인이 말했듯이 최수호 시인의 시는 기존의 틀을 부수고, 다양한 시각으로 접근하고 조응해 그 명료성을 창작해 내고 있다.

삶에서 체득하고 일상에서 수용한 기억에 내장되어 있는 이미지를 생명의 숨소리 같은 서정성으로 투시透視해 부드럽고 따뜻한 감성적 발현으로 조화와 변화를 주어 경이롭다. 이렇듯 시는 신선한 활력으로 훨씬 다가온다.

저녁노을은 장엄미莊嚴`美이네–
아침노을도 화엄광華嚴`炎이네–

그 山노을로 핀 시인의 꽃.
오늘 청천晴天 쪽빛 하늘이다. 난
적막옥방의 無明유리壁고독獄이나,
밤 강가 천룡飛~天龍 스친 까치놀.

고만 늙숙이~ 시인이여!
저 아름다운 천상의 혼魂~ 딱히
난 칠순童子로 흐무뭇 좋아하며,
일곱 빛깔 무지개로 시를 쓰다.

이렇듯 詩로 감응하면서도
내 이마엔 山노을 심혼— 나마저
태양빛에 부신 외눈부처 하늘눈.
석양이 퍼붓는 끝장 저 莊嚴눈빛;
누가 노을華嚴에 타~죽어가는 지.

내처 이 땅에 지핀 목련꽃말씀!
난 외로우니깐 혼자라도 잘 놀아
山미륵 위에 뜬 보름달 저~반야.

폭염 속 나의 惱~詩는 반쪽神通,
밤새 고즈넉이 늙마九曲이었나~
오늘 아침莊嚴`美노을華~ 그랬다.

　　　 – 「오~시인, 시인이여!」 전문

태양의 눈이 석양을 빛내고 있다—
나도 외눈박이로 노을빛~ 쏘아보다.
숨어들수록 강렬한 신神의 눈초리,
하夏~수평선 하늘 오보록이 형형하다.

바다는 노을빛물결緋緞꽃잎 일렁이고,
超인성 눈동자 禪으로 일깨운 法海
그 태양의 눈씨 긴 指事인 느낌표¡
그녀는 눈물꽃 부시도록 톺아내다.

113

오 무차별眑바다하늘 난 환희이네

출렁~ 먹구름 살아난 또렷 해넘이-
노을花`비늘연꽃 밤 연등바다는 적멸궁寂滅宮~
아름다운 노을빛뱃길 내 눈부처 든 황홀경속
난 단박 없어라~ 이 세상 그녀와 난 없어라~
하霞~ 노을詩化 뉘 하늘여름인가

아침노을이어도 上上치노을꽃-
이 세상에서 가장 빛난 눈동자로,
나도 태양도 노을華~ 신명 달치다.
황금禪꽃으로 피어나는 저 무아境.
하霞~ 뉘 詩話착색 저녁노을인가

한여름, 맹폭 열대야 속 오백 년의
山금강松 잎마저 傘붉게茶毘타오르네.
세상에나 저 노을이 만시輓詩하나니.

        ─ 「세상에 가장 빛난 시詩」 전문

  그렇다, 시인은 '저녁노을은 장엄미莊嚴`美이네-/ 아침
노을도 화엄광華嚴`光이네-'라며 저녁노을의 장엄한 아
름다움과 아침노을의 장엄하고 빛나는 생명 외경의 아
름다움을 독자들로 하여금 새롭고 낯설게 다가오게 한
다. 현대인들의 지치고 피곤한 영혼들에게 존엄한 자연
순리에 순응順應하는 법을 푸르게 키워 정신적인 결핍에
공명통을 조성해 주고 있다. 예술적 질감과 터치로 빚
어 역동적인 비의秘義 그 낯섦의 극치로 치달아 전위傳位
된 저력을 보여준다. 시적 분위기를 비장미悲壯美로 긴

장시키는 방법은 고수가 아니면 하지 못한다. 이렇듯 天理비의秘意 즉 詩魂비의秘義를 표현하려는 시인의 경지로 봐도 무방하다.

적절한 균형 감각을 유지하며 이어가는 '그 山노을로 핀 시인의 꽃.' 오늘 청천晴天 쪽빛 하늘이다. 난/ 無明유리壁고독獄이나/, 밤 강가 천룡飛~天龍 스친 까치놀'이라며 쪽빛 하늘의 유혹에도 적막옥방의 청맹과니(無明) 즉 깨닫지 못한 유리壁고독감옥에 갇히지 않고는 밤 강가에 천용이 되어 날아다니는 까치놀을 볼 수 없으리라.

시인은 생명의 기표를 끊임없이 조탁彫琢하여 리듬과 형태를 갖추어 울림을 조율해낸다. 시인은 -, ~, !, , 그리고 수많은 말을 함축할 수 있는 때론 한문(광폭의 쐐기언어)을 섞어서 독자들에게 음미하고 참여할 수 있는 여백의 공간을 두는 창조적 정신작업을 해 독자들이 음성과 취향과 구미에 맞는 색깔을 넣을 수 있도록 시인은 안내한다.

각별한 식별력을 주어 특별하고 새로운 언어유희에 시선을 끌게 한다. 새로운 생산물의 은유와 해학 역설 수사적 기교로 새로운 응축미를 도구로 삼아 독자들에게 신선하고 마법 같은 감동을 안겨주는 시편들이다.

2. 시의 독특함과 고유성의 기호, 소통의 차별성

들뢰즈와 가타리는 서구의 사유방식을 수목적 체계를 모델 삼았다. 수목적인 체계(모든 것을 사물의 본질이나, '근거grund' '원인cause'을 찾아 거슬러 올라가는 사유) '어떤 것이 무엇과 관계하는가에 따라 본질이 달라지고 관계의 질이 달라진다는 사유방식이다.

이는 내재적이고 수목적인 사유방식은 리좀적 사유로

줄기들이 어떤 중심 뿌리 없이 접속되고 분기되는 식물처럼 특정한 사고의 기반 없이 다양한 것들의 차이와 복수성을 다원화하고 그것을 통해 새롭게 번식시킨다.'라는 그 수목적 접속 원리에 의해 정의되고 창조된 최수호 시인의 독특함과 고유성을 기호로 소통하며 차별성을 잘 접목시킨 시를 따라가 본다.

햇빛이 빗금으로 들어서야 밝아지는 주택의 검은 벽돌담.
푸새가 성장하기엔 사이갈이할 수 없는 천하 버름한 곳,
수천 개의 번뇌탁 질서 중 한 칸 반야般若의 이 한세상.

그 오듬지진상 수직에 어엿이 북 박은 상상치上上-꽃 하나
삥등그리 바람에도 두서넛~ 꽃송이가 생동생동 앙증하다.
아앗,- 하늘을 우러러 방언方言으로 악 악~ 핀
            불
            가
            사
            의
            꽃
이 사무치는 기쁨法悅의 몸짓 이마마하다.

막 핀 자줏빛 꽃도,- 첫 눈에 꺾이는 것이 오솔하나 앙버티다. 그러나 너는 신神의 뜻에 따라 위대한 지혜로 너볏이 하고 있다.
[너는 공중 부양한 듯 솟구치는 투사로 암팡지게 혁명하고 있다]
나 홀로 제비꽃,- 너는 악 악~ 시화詩化로 넌지시 미소 짓는 나다.

- 「절로 악악諤諤 핀 꽃」 전문

갈등禪이라~ 넌짓 지 세상처럼
걸어 온 내 유빙流氷의 길,
한파~ 꽃샘猛추위 성에窓에는
찬바람 안팎빈'그물홀로 언古典서리꽃.
내 寂滅'宮'전강풍'난타法鼓독공禪天
카랑카랑 깨진 뉘 허공운판化소리.

　　 -꼭지마다 싸라기눈이 언 시상柿霜
고목은 두서 되 툭 툭~ 雪고욤,
고풍산사三冬강철소리詩魔물고기풍경
세상에 가장 짧고 맑은無我소리.
山까치 지 세상엔
이심전심 그 너머 황홀-
저쪽 옴팍雪홍시 빛낸 노을秬.
여기 법열法悅은 홀 붉~홍시
　　 -노드리듯 함박눈 쌓인 시설柿雪

허공 세상 티끌이 되어버릴,
그 허공藏 벗은 아량 속 三冬:
지관타좌 끝낼 동지冬天섣달.
명상禪바윗장에 언 흰 구름
　　　　 -내 홀연 눈부처인가
넌 홀왕허공喩홀래 저~ 신선.

　　　 -「풍경소리, 그 허공喩」 전문

투명 아기단풍에 바람일어 속삭이듯 완연한
붉은빛 이 계절, 우리는 서로 가을나무였지.
　　우리는 슬픔이 가득한 단풍나무였지-

117

여우비에 연잎의 이슬~마니주摩尼珠 구르는
깨끗한 푸른 그`목소리, 그녀가 옆에 있었지.
[눈가에 이별 눈물 꾹 머금고 있는,~~~
　　　~~~눈물 강으로 흐르는 맘도 난 알아요]

가을 끝 찬 가을비여서 낙화 같은 사랑아~
연꽃 얼굴엔 내 이슬이 눈가 맺혀있었나요.
[꽃이 지면 낙엽 젖은 사랑,~~~
　　　~~안개 강으로 흘러가는 건가요]

낙엽 진 두 눈망울엔 행여나 그대의 눈물이
뚝뚝~떨어지면 안 돼요~ 가을눈물이지요.
[흐르는 강물처럼 소리 내어 우는,~~~
　　　~~눈물 강이면 더욱 안 돼요]

첫사랑成長痛애증 단풍이여! 그대라는 연꽃,
그리워하지 마라~ 뒤돌아서도 울지 마라~
[내 마음속 깊은 곳에 흐르는,~~~
　　　~~안개 강을 숨겨두었나~ 영원히!]

다시는 영영 못 볼~ 그적 아득했었나봐,
나는 눈물가을 서붓이 가을눈물 범벅이다.
이`가을로 숨어드는 꼬박이 초생生달인가
비껴간 두견이`매 눈초리~ 사무사思無邪!

　　　　　　－「가을눈물 사뭇 눈물가을」 전문

　　리좀은 접속의 원리connexion에 의해 정의되고 만들
어진다는 면에서 본다면 '어떤 지점과도 접속될 수 있고

한점으로 통일되지 않으며 좋고 나쁨의 가치 판단도 없다. A와 B를 가등위적으로 결합하여, A도 아니고 B도 아닌 제3의 것인 C를 생성해내는 것으로 전혀 다른 독특함을 만들어 낸다'는 원리인 시인의 시 '절로 악악諤諤핀 꽃'에서 '수천 의 번뇌탁 질서 중 한 칸 반야般若의 이 한세상.' '그 오둠지진상 수직에 어엿이 북 박은 상상치上上-꽃 하나,' '아앗, - 하늘을 우러러 방언方言으로

악 악~ 핀

불

가

사

의

꽃

이 사무치는 기쁨法悅의 몸짓 이마마하다.

[너는 공중 부양한 듯 솟구치는 투사로 암팡지게 혁명하고 있다]

나 홀로 제비꽃, - 너는 악 악~ 시화詩化로 넌지시 미소 짓는 나다.' 라는 시구는 접속성의 원리를 친화적 조화의 특성으로 이채롭게 표현했다. 모든 이질적인 면에 새로운 접속 가능성을 허용한다는 원리를 이용해 다양한 종류의 이질적인 것과 잘 접속시켜 유연성과 유동성을 함께 보여주는 '풍경소리, 그 허공喻' 시구를 살펴보면

갈등禪이라~ 넌짓 지 세상처럼

걸어 온 내 유빙流氷의 길,

-꼭지마다 싸라기눈이 언 시상柿霜

고목은 두서 되 툭 툭~ 雪고욤,,

허공 세상 티끌이 되어버릴,

그 허공藏 벗은 아량 속 三冬;

지관타좌 끝낼 동지冬天섣달.
명상禪바윗장에 언 흰 구름
　　　　－내 홀연 눈부처인가
넌 홀왕허공喩홀래 저~ 신선.

　이 시의 핵심 부분에서 보듯이 환상幻像의 담론적인 해
법을 초극超克으로 유추하여 살려내는데 창조적이고 새
로운 장르를 당당한 자존감으로 살려내어 상상력과 현
실 간의 이질성을 리좀적 매개로 작동 시켰다.
다양성이나 다양체라는 개념에 중요성을 부여하고 있
다. 다음 시 '가을눈물 사뭇 눈물가을'에서는 '다양성은
대상 안에서 주축 역할을 하는 통일성도 없고 주체 안에
서 나뉘는 통일성도 없다'는 들뢰즈와 가타리의 다양성
과 다양체라는 개념의 중요성을 사유의 깊이와 차별화
된 시적 자아로 역동성 있게 잘 표현한 시다.

여우비에 연잎의 이슬~마니주摩尼珠 구르는
깨끗한 푸른 그'목소리, 그녀가 옆에 있었지.
[눈가에 이별 눈물 꾹 머금고 있는,~~~
　　　　~~~눈물 강으로 흐르는 맘도 난 알아요]

가을 끝 찬 가을비여서 낙화 같은 사랑아~
연꽃 얼굴엔 내 이슬이 눈가 맺혀있었나요.
[꽃이 지면 낙엽 젖은 사랑,~~~
　　　　~~안개 강으로 흘러가는 건가요]

낙엽 진 두 눈망울엔 행여나 그대의 눈물이
뚝뚝~떨어지면 안 돼요~ 가을눈물이지요.
[흐르는 강물처럼 소리 내어 우는,~~~
　　　　~~눈물 강이면 더욱 안 돼요]

첫사랑成長痛애증 단풍이여! 그대라는 연꽃,
그리워하지 마라~ 뒤돌아서도 울지 마라~
[내 마음속 깊은 곳에 흐르는,~~~

~~안개 강을 숨겨두었나~ 영원히!]

　위의 시구들에서는 기호와 크기를 시각적으로 잘 배열
해 시 안에서 흔들리는 이미지를 끊임없는 다양성으로
연결, 접속해 성질을 변화시키면서 배치의 다양성을 고
려한 차원 높은 진화다. 이렇게 자유자재로 연결하면서
도 전체를 포착하는 개념을 능수능란하게 증명하며 또
한 시적 균형감과 알레고리allegory의 해법을 영감의
비의秘意로 응축해내고 있다.

　'[눈가에 이별 눈물 꾹 머금고 있는,~~~'
　시구에서 머금고 있는 '~~~" 속에는 이별의 눈물이라
든지 또는 어떤 이미지든 독자들 구미나 감성에 따라 무
한대로 뻗어 나갈 수 있는- 여백의 미.
　'~~~눈물 강으로 흐르는 맘도 난 알아요] '
시구에서 "~~~' 속에는 줄줄 흐르는 눈물이 마음속에
파도친다든지, 어떤 이미지든 독자들 상상으로 무한 퍼
져갈 수 있도록 한- 여백의 미.
　'[꽃이 지면 낙엽 젖은 사랑,~~~ '
시구에서 '~~~" 속에는 붉은 꽃물이 낙엽에 젖어 쓸쓸
한 사랑이 눈물로 흘러내리는 이미지든지 혹은, 독자들이
넣고 싶은 그 어떤 언어들을 넣어도 좋을- 공백의 미.
　~~안개 강으로 흘러가는 건가요] 시구에서 '~~' 속에
는 파도로 출렁이는 안개가 강물로 흘러가는 이미지라
든지 독자들이 원하는 그 어떤 정서를 넣어도 좋을- 여

백의 미.

'[흐르는 강물처럼 소리 내어 우는,~~~'

시구에서 '~~~"속에는 강물 울음이 끊임없이 흐르는 생각이라든지 독자들이 넣고 싶은 어떤 이미지든지 넣을 수 있는 미의 공간.

'~~눈물 강이면 더욱 안 돼요]'

시구에서 "~~'에는 너무 울어 눈물강둑이 범람하는 이미지라든지 그 외 어떤 상상력을 넣어도 멋진 시구가 될 – 여백의 미.

'[내 마음속 깊은 곳에 흐르는,~~~'

시구에서 '~~~"속에는 마음속에서 출렁출렁 흐르는 강물 이미지라든지 독자의 마음속에 출렁이는 어떤 이미지를 넣어도 좋을– 여백의 미.

'~~안개 강을 숨겨두었나~ 영원히!] '

시구에서 "~~'속에는 분명 출렁출렁 보이는데 보이지 않아 더욱 애태우며 흔들리는 이미지라든지 독자들의 기분과 환경에 따라 어떤 이미지를 넣어도 좋을 여백의 미를 남겨놓고 말하지 않고 기호 하나로 절제적 시학의 예시를 보여주며 긴장감을 불러일으키게 한다. 주지적 主知的 시각에서 본다면 기존 시법과 차별화되고 실험 모색의 색채 이미지가 빛을 발하고 있는 시구다.

'이승의 우상偶像과 환생幻生'에서 시인은 니체의 말 '학문을 예술의 관점에서 보고, 예술을 삶의 관점에서 본다.'라면 다시 말해 철학과 예술을 삶의 방식을 만들어내는 관점으로 보는 논리에 긴장의 끈을 늦추지 않고 합리적 해법을 동원해 각양각색의 꽃을 피워내어 사랑 이별 꽃물 안개 마음 등 온갖 사물을 모두 호명하여 움직이게 한다. 단순한 언어유희가 아닌 어렵고 힘든 시간 고뇌하고 열병을 앓으면서 내면의식을 잘 형상화한 작

품으로 결코 독자들의 기대를 저버리지 않고 놀라운 빛
깔의 길을 걸어가게 하고 있다.

며칠 전 도심의 장미공원을 산책하다-
우연히 탐스런 꽃봉오리에 관심 갔으나,
그 일은 흑장미 꽃길 속에 독불장군으로
화중화인 찬란한 붉은 모란이었을 거야~
[地文: **탐스럽게 핀 이 꽃에 나는 염화미소를 띄우다**]

그 꽃부리가 낯설게 온새미로 없어지고,
쪼뼛한 줄기만이 하늘을 꼬느고 있었다.
한껏 우상어린 모란이 꺾이는 날벼락에
장미꽃마다 치솟는 분노에 바람뿐 이네.
[지문: **난 벤치의 반가사유상~인가! 그 곡두幻影생각뿐**]

난 분명 보이지 않던 것을 보았다
깜짝 놀란 일도 아닌, 그런 이문異聞은
꽃의 언어가 있는지 분홍 꽃봉오리마다
말하려는 듯 빈 꽃대 건드린 곳,- 안착
나비가 날라 와 일순 깜작~놀라듯이
옆 장미꽃도 화들짝 하늘세상을 보다.
[지문: **나비가 긴 줄기에 앉아 모란꽃으로 환생하네**]

검은 장미꽃들 옆에 꽃 없는 긴 줄기,
그 형국에 앉은 나비가 꽃~귀신인 양
이승의 우상과 환생 몽땅 깨달음'은-
모란魂된 나비는 떨잠風의 **불꽃花웃음.**
소나기 지나가고~ 여우비 머금은-
깡~메말라간 노랑 장미꽃 **해탈化울음.**
[지문: **꽃나비도 그`줄기에서 메말라가 적멸華이네**]

       - 「이승의 우상偶像과 환생幻生」 전문
   '[地文: 탐스럽게 핀 이 꽃에 나는 염화미소를 띄우다]'
   '[지문: 난 벤치의 반가사유상~인가! 그 곡두幻影생각뿐]'
   '[지문: 나비가 긴 줄기에 앉아 모란꽃으로 환생하네]'
   '[지문: 꽃나비도 그'줄기에서 메말라가 적멸華이네]'

  지금까지 시인들이 사용했던 비의미적 단절의 원리, 즉 본래 의미에서 벗어나 전혀 다른 뜻으로 변형된 다른 계열의 일부가 되는 것. 자신의 특정한 선들을 따라 혹은, 다른 새로운 선들을 따라 복구되는 탈영토화 deterritorialisation를 통해 끊임없이 탈주fuite'한다는, '서로 아무런 관계도 없는 두 존재의 비평행 적진화' 그러니까 탈영토화와 탈주를 통해 규칙적으로 분화되고 갈라지는 선을 따라 만들어지는 것이 아니라, 그 선들을 자유롭게 넘나들고 횡단하여 수목적 체계를 뒤흔들어서 혼란스럽게 만든다.'는 말에 이질감 없는 발상을 소통의 기표로 갈마羯磨하고 있다.

3. 성찰적 교시와 식물성 언어의 창조물

  자크 루보는 '시는 수와 리듬을 통해서 어떤 언어를 기억화한다. 시는 어떤 언어의 기억이다.'라고 했다. 리좀적 표현방법에서 '빙산 이론'이란 수면 '물 위에 떠 있는 빙산은 드러난 부분보다 감춰진 부분이 더 많다. 드러난 부분만 보고 가까이 다가가면 배는 충돌하여 난파될 것이다. 그렇지만 오랜 경험을 가진 유능한 선장은 물 위에 뜬 빙산만 보고도 수면 속의 빙산을 눈치챈다.'고 했다. 최수호 시인의 이 빙산 이론에 입각한 시 수면 위에 뜬 빙산 밑에 얼마나 어마어마한 상징의 언어들이 잠

겨 있는지는 독자들 상상에 맡기도록 한다. 그래서 독
자의 수준이란 것이 있는 것이다. 시인이 이미지로 그
린 언어 그림 속에 가라앉아 있는 수많은 의미를 많이
건질 수 있는 눈썰미 뛰어난 독자가 많았으면 좋겠다.

나의 문장도 씨앗을 심듯 , 쉼표가 있다.
이 문양에 잠시 생각을 멈출 수 있지만,
연잇는 심전心田에 상상할 여유도 주다.
　-그물에 걸리지 않는 자유로운 바람~숨처럼

쉼표는 싹을 틔울 씨앗 같은 모습이나,
시 글밭에도 쉼표가 딱히 숨,~존재하다.
　-세 마리 사자石燈 안 긴한 촛불~숨처럼

난 농부처럼 들숨에 하늘 한번 보고,,,
날숨의 쉼표로 화분에 ,꽃씨를 심었다.
그 씨앗들은 심지心地의 화신花神으로.
탄생!- 아름다운 시詩가 될 것이다.
　-진흙에도 물들지 않는 연꽃~숨처럼

이 또한 꽃나무가 씨앗을 맺는 동안,
불면의 시인이여~! 동백꽃샘바람꽃으로
쉼표를 놓아 땅에 다시 공손히 피다.
나도 바쁜 세상사 손 놓고 쉼표처럼
지잠地蠶 굽듯 자연自然 쉬어가겠다.
詩의 쉼표는 글발魂~智慧바람길~숨통,
깜직ㅆ麼한 天然꽃이 흔들리고 있다.
　-무소의 뿔처럼 걸어가라, 쉼~갈무리

　-「글발魂 쉼,,,쉼표明言~,숨」전문

125

난 골목길가에 선뜩 서버렸다-
담벼락 모퉁이 묘소妙所에서, 꽃의
절정 그 신밀神密을 보여주고 있다.
한낮 쏟아지는 햇볕에 홀 백일홍은
생채線미소가 넘쳐나 때맞추게도
피어있어,- 앙증스럽게 오달지다.
[난 그 꽃에 비껴서 햇빛을 가리지 않았다]

서로가 이름 몰라 생면 어반하다.
집중 소낙비極限우박이~ 쏟아졌다.
풀꽃은 전라의 곡선美로 생기보다,
어디 한곳도 손상 없이 아름다운~
꽃부리로 씽긋妙法미소가 너볏하다.
[오늘도 난 기뻐하며 곁을 흐뭇 지나가다]

내 마음속 풀꽃은 온전함을 너머
생동生삶이기를 무심코 소원했지만,
오가던 한낮엔 알뜰한 꽃~없었다.
[새벽녘 환경 미화원이 쓸어버려서 난감하네]

네 앞에 서서 감성諦念미학도 아닌,
난 꽃~없는 그 고요 헤아리면서도
이 바보야 天地혼비백산玄黃 바보야~
생기보다는 난 생화生化를 말하다.
神人다운 일에 春泥자줏빛꽃春草마저,
뜻밖 쓸려간 잎가지마저 가뭇없다.

넌 천연스럽게 그 자리 숙명이네,

천라지망이나 사뭇 새치름하였지.
무화無花 꽃, 무화無化라네~ 그 꽃,
숨 쉬는 화신花神~ 속내는 魂불,,!
잎만 남아 햇빛연금을 묵언 들놓다.

– 「무화無化, 무화無化라네~ 그 꽃」전문

오늘밤 두 개의 춤 해는 없다–
해바라기黃金빛노을이 된 배후의 태양,
강물로 버티는 일몰의 영산홍 태양, 오직
한 송이! 꽃으로 태양神이 빛나고 있다.

늦봄 길, 선바람 나선 벚꽃 강길–
강 물빛무늬 퉁기나 투명無上 山그림자,
능수버들 탱탱~바람 먹은 은어낚시질에
뉘 서푼~ 물길 속에 낚여져 작아지다.

해를 겨우 받들고 있는 와불山미륵–
이 華산마저 태양빛에 노을紋 젖어든다.
강물~빛엔 고봉綠陰芳草준령花 흐드러지게
이교理敎하나 투명한 산색도 산입니다.

저녁노을엔 물신선 물고기들도 황홀히
지`극락이듯 용궁霞華산~둥지 홀왕홀래,
어뜩 내 눈썹 아미산蛾湄山에 든 물고기;
윤슬洸비늘로 찬란히 튀어 오르겠지요.

물수제비를 뜬 죽비로 강폭 탁 탁~ 뉘
열목이로 노을江 목어卍뱃속을 깨우니,
그 속엔 영혼을 녹이던 왕눈이 거미禪.

–시인 눈엔 심심상인 밀교의 기억뿐

유성雨 생사를 묵언 헤아리는 앞산도
신에게 저리 미륵으로 되돌려드리며,
숨어들던 해와 강물~華산도 두고, 난
보름달 윤슬投網에 청산舞 놀다 가네.
그'언덕이夜 반딧불 이상鄕 가뭇없다

– 「흐르는 강물처럼 벚꽃낚시」 전문

–그물에 걸리지 않는 자유로운 바람~숨처럼

–세 마리 사자石燈 안 긴한 촛불~숨처럼

–진흙에도 물들지 않는 연꽃~숨처럼

–무소의 뿔처럼 걸어가라, 쉼~갈무리

시쓰기는 이미지이다. 고급 독자는 '–'나 '~' 속에 비워놓은 시인의 여백속에 무엇이 들어있는지 보아내어야 한다. 보이는 부분만 보고도 수면 속에 잠긴 부분을 읽어낼 줄 알아야만 '글발魂 쉼,,,쉼표明言~,숨' 속에 들어있는 이 어마어마한 상징과 이미지를 각자의 구미에 맞게 찾아내고 음미할 수 있을 것이다.

'[난 그 꽃에 비껴서 햇빛을 가리지 않았다]'

'[오늘도 난 기뻐하며 곁을 흐뭇 지나가다]'

'[새벽녘 환경 미화원이 쓸어버려서 난감하네]'

'무화無花 무화無化라네~ 그 꽃'에서도 시인은 왜 '[ ]' 속에 묶어서 굵고 잘게 처리했을까? 그 처리한 부분에 어떤 묘한 경이로움과 카타르시스cathartis가 느껴진다. 이처럼 신비스럽고 견고한 성채로 쌓아놓은 시의 매혹魅惑은 새로운 창조적 질료와 이중구조적인 낯선 시어들로 조립한 고도의 시적 형상화를 만들어 선명하게

빚어낸 미학이다.

　다음 시 '흐르는 강물처럼 벚꽃낚시 /난 무하公,－ 무
하유지향無何有之鄕 청산舞 놀다'를 살펴보면 장자의 소
요유편逍遙遊篇에 나오는 사람이 손대지 않은 자연自然
그대로의 세계世界. 곧 세상世上의 번거로움이 없는 허무虛
無 자연自然을 아주 창의적이고 풍자 해학적으로 묘사했다.

　　해를 겨우 받들고 있는 와불山미륵－
　　이 華산마저 태양빛에 노을紋 젖어든다.
　　강물~빛엔 고봉綠陰芳草준령花 흐드러지게
　　이교理敎하나 투명한 산色도 산입니다.

　　저녁노을엔 물신선 물고기들도 황홀히
　　지`극락이듯 용궁霞華산~둥지 홀왕홀래,
　　어뜩 내 눈썹 아미산蛾湄山에 든 물고기;
　　윤슬洸비늘로 찬란히 튀어 오르겠지요.

　선시로 유명한 일본의 도겐 선사가 보면 울고 갈 것 같
다. 우리나라 선시는 고려 중엽 무의자 혜심으로부터
고려말 태고보우 나옹혜근 백운경한 등에서 발전에 수
많은 고승이 시인들에게 영향을 끼친 것은 그들의 시가
뛰어났기 때문에 승속을 넘나들며 한국 문단을 풍요롭
게 했을 것이다. 선시란 '진리의 깨달음이 담겨있는 시'
로서 불교 경전의 게송이 기원이다.

　선시는 경전의 내용이 함축되어 있어 깊고 불교도인
이 아니면 어렵지만, 우리가 쓰고 있는 언어도 불교에
서 온 말들이 많기에 쓰기는 어려워도 공감하기 어렵지
는 않을 것이다. 사유와 지혜로 써진 무궁무진한 진리
의 함축을 풀어서 쓴 시들을 현대에도 내 손 안에 든 반

가사유상이 있듯 심심치 않게 접할 수 있다.

 그 대표적인 분이 만해 한용운 시인이다. 그 가르침은 깊고 오묘해 실존적인 삶에서 배움의 요체가 되기도 한다. 최수호 시인의 이 선시에는 가슴 서늘한 무상無常과 공성空性으로 누워있는 와불에서도 華산 태양빛도 강물빛도 고봉綠陰芳草준령花도 본체인 원리와 현상인 사실이 다른 것이 아니고, 차별의 사실 그대로가 곧 평등의 원리라고 가르치고 있다. '저녁노을엔 물신선 물고기들도 황홀히 지'극락이듯 용궁霞華산~둥지 홀왕홀래, 어뜩 내 눈썹蛾湄山아미산에 든 물고기; 윤슬洸 비늘로 찬란히 튀어 오르겠지요.'

 자세히 읽고 곰곰 생각해봐도 꽃 한 송이에도 바람 한 줄기 비 한 방울에서도 숨어 우는, 풀벌레 속에서도 생의 무상함과 무아無我의 깨달음을 얻은 붓다만큼 깨달은 분일까? 싶은 생각을 떨쳐버릴 수가 없다. 한 편의 시가 고귀한 경전처럼 사람의 마음을 움직일 수 있음에 시를 쓰는 시인으로서 자부심을 느끼게 한다.

4. 고정관념의 해체와 모순의 합리성

 우리는 모두 한 방향으로만 흐르는 생각인 고정관념이 있다.

 시인은 이 고정된 의식 세계를 개방해서 자유롭게 생각을 방목하지 않으면 결코 좋은 시를 쓸 수 없다. 그러기에 끊임없이 〈니체의 망치〉를 빌려다가 고정관념을 부수어야만 사방으로 뻗어가는 말미잘처럼 상상촉수가 살아날 것이다.

 ♡ㅣ것보다 내 심장은 급박 감탄당하다

♡ㅣ것으로 예술을 말하는 것도 아니다

음악가의 심장이 거룩하게 古典관통하다
그 먼 폭발華한 절대음感 노을化 탄상,
이 세상에 없는 律呂소리에 탄력盡誠이다

그건 강물이 흐르듯 고요한 노을血, ―
그는 거대한 양수律 만물흡명상하다.
그건 바다가 일렁인 물마루 석양血, ―
그는 위대한 음수律 우주흡명상이다.

그`예술魂으로 피아노~음파에 촉각이다
그의 심장은 율동 탄 禪혁명空冥소리다
창밖엔 구급차 소리로 뉘 심근경색증 심장인가
전혀 다른 장르의 세상을 억척 살아온 사람들!
꼭~ 살아야만 하는 고전적인 위대한 예술가를
위하여 죽어진 한 인간이 심장을 지고善내놓다.
이식받은 생명의꽃 그`예술심성 되살릴~런지
예술가들은 그 분이 급박 오시면―
오만상靈感에 미간~魂을 찌푸릴~런지,
♥선인장이 꽃피운 그 사막의 심장은
소리가시로 오만가지노을血 토할는지,

♡ㅣ것으로 강심장을 말한 것 아니다
♡ㅣ것보다 앞서 내`예술 강타당하다

　　－「선한 심장♡위대한 예술魂」전문

시의 고유하고 독특하고 환원 불가능한 본질에 푸른

생명 기호와 시각적인 감응感應의 통섭通涉으로 개인적인 기억 속에서 살고 즉 ♡ㅣ것으로가 (사랑으로 표출된) 예로 봐서도 그 기억에 자양분을 공급하며 시의 고정관념을 해체해 모순의 합리성을 완전히 새로운 것으로 개조한 순수 식물성 언어에 휘파람을 불고 싶어진다. 머릿속에 턱 버티고 있는 고정관념 낡은 사고 관습을 과감하게 파괴하고 새로운 것들을 받아들이는, 시인은 재창조자이기에 그 연유로 하여 기존의 있는 것을 꿰어맞추는 퍼즐자가 아니라는 말을 실감하다.

　이렇듯 제3부의「시인 눈썰미가 된 맹랑한 새」「회전-요지境 속의 내 방언方言」「공작새가 수천 개의 찬란한 눈빛으로 울고 울 때는 그야말로 지독한 사랑이다」는 산문詩로 새의 프리즘는 신비주의적인 면에 과감히 표출하고 있으나, 판타지를 말하는 것이 아니라 이는 莊子쯤 天理시혼을 말하고 있다고 본다.

　최수호 시인의 시편들을 읽으면서 사고의 틀을 자유롭게 넘나들 수 있는 상상력, 오그라들었다 펴졌다 팽팽해졌다 움츠러들었다 자유분방하게 사고를 확장하고 조이는 이 스피드감은 대평원이고 고속도로고 벌판이고 오솔길을 가리지 않는다. 생각의 속도를 마음대로 조절해가며 언덕을 지나고 절벽을 오르고 장애물을 넘으며 과감하게 대륙을 달리며 자신의 사고 영역을 운전하여 하늘로 지하로 지평으로 수직으로 수평으로 마음껏 드나들고 무한천공을 날아다니며 / 나 혼자만이 절명詩 고독 속, -나만이 / 아침노을도 미래도 저녁노을도, 매일매일 / 미륵山황혼이어도 이젠 내 하늘노을시인한다 /라는-「이것이 절명詩다」에서 하늘노을시인을 보더라도 자신의 시영토를 超죽음에 이르기까지 승화차원으로 시어를 확장하고 있다.

아하~음,
시인이 정녕코
애지중지 살피던
무지무지 깜찍한
깡다구 山까치가
만파식적 소리에
홀연히 깨달았는지,
재바른 나래 짓으로
저리 꽃피운 猛노을이

자기 하늘로만 알았는지,,
ㅡ먼~ 딴 세상인 허공을 향한
은하계로의 하동지동 옹고집이네..
어마어마한 노을華오로라 흠모 탓에
환상痛을 벗고 백사일생인 환생魂이다..
ㅡ우주 시조새翅鳥되어 엄청 고독獄인가
초록별 너머 오로지 암흑으로 자유자재 날다..
지 허공藏세상 날다가 천국과 지옥 사이에서 장엄하게
거대한 검은 하늘이 되고만 그 까막까치가,,
황금빛ㅡ눈씨 초생生달로 매섭게도 떠올라
예리하게 보았던 지 별자리華 누리다..
ㅡ이 또한 오지게 써늘하기만 한
하필 이 칼바람 속 동짓날에
우여곡절로 시인을 만나
새삼 놀란 눈썹달이나,,
ㅡ날쌘 샛눈을 뜨고도
세상 천상천하 안듯
지~ 천상계에서
홀로 신神되어
天理ㅡ花노을빛
몽땅 다스리나,,
검 하늘이 된
천연宇宙미라의
深우주 눈씨!
앙칼진 서슬
그 山까치다..
흠흠

ㅡ 「시인 눈썹미가 된 맹랑한 새」 전문

'한 권의 책에는 분절의 선, 선분성의 선, 지층 및 영토성의 선, 또한 탈주선과 탈영토화의 선, 탈지층화의 선들이 존재한다. 그러기에 책은 하나의 다양체'라는 말에 공감하는 '한 권의 다양체'를 접하고 훌훌한 시간이었다.

　최수호 시인은 木月, 東里, 具常, 未堂 대문호들을 스승으로 모셨기에 남과 다른 상상력으로 문학을 일진보 더 정채精彩가 깃든 역량이 있지 않을까? 생각하며 무지갯빛視線으로 본 문화앤피플의 첫 시인선詩人選이라 하니 활짝 감동감화하며, 또한 시집출판의 아성으로 무궁번창도 빌어본다. 문학을 하는 문학도로서 새로운 길을 개척하는 낯선 시집을 보고 뿌듯한 자부심을 느끼며 붓뚜껑을 덮는다.

無玄 최수호 제11집 ——

華산 혼,,,이내 山노을

CONTENTS

•

저자소개

CONTENTS

제2부 : 시가 내에게로 와 허공喩 시인하다

제3부 : 차라리 새의 허공藏이 나였으면 하다

제4부 : 내 스스로 바보새가 된 시인노릇이네

■ 작품해설 / 이서빈 (시인 · 詩소설 작가)

■ 평설 / 정근옥 (시인 · 문학비평가)
     이승하 (시인 · 중앙대학교 교수)

一院秋苔不掃除
風前紅葉漸漂疎
虛堂盡日無人過
老樹低頭聽讀書

崔水浩詩人清几

김요섭

휘호 · 스승 김요섭 시인

无玄 최 수 호 詩人

약력 중앙대학교 예술대학 문예창작학과 졸업
중앙대학교 신문방송대학원 출판사 창업과정
한국PR협회 상임이사
연세대학교 언론홍보대학원 최고위과정

롯데그룹 운영본부, 기획조정실 홍보실
도서출판進和, (주)진화기획 대표이사 사장
前 미러스타골프(주) 특허, 기술부문장 고문

문단 한국문인협회 회원
국제PEN클럽 한국본부 회원
중앙대학교 문인회3대 사무총괄국장

1987년 월간 文學精神 신인상 수상
1998년 제5회 後廣문학상 수상

시집 1986년 첫 시집『달과 눈사태』청담문학사
1988년 판화시집『卍神의 꽃』文學精神
1989년 판화시집『續 만신의 꽃』도서출판進和
1990년 판화시집『하늘물고기』도서출판 길
1993년『진흙바닥의 인사』도서출판 진화기획
1997년『종이거울』우리문학사
2016년 출간版-파본『아침에 뜬 저녁노을』
2018년『아침이슬 저녁노을』도서출판天山
2021년『검은 하늘의 달』도서출판 명성
2023년『웹툰魂 폭발華한 시』명성서림
2024년『華산 魂,,,이내 山노을』문화앤피플

역서 사랑하던 그 사람이여 사랑하던 그 사람이여
불꽃처럼 살다간 예술가들의 초상
심혼총서 5권-명상선집 외 다수

*학술논문
青鹿派 研究- 자연미의 해석적 논고

*특허, 발명인
미러스타퍼터, 허니콤퍼터 외 다수

141

대한출판문화협회

2024년 서울국제도서전

시를 들려주는 전화 '인생詩찾기'

070-8919-1203

|책|을|펴|자|미|래|를|열|자|

華산 혼,,, 이내 山노을

초판인쇄 2024년 10월 3일
초판발행 2024년 10월 3일

지은이 최수호
펴낸이 이해경
펴낸곳 (주)문화앤피플뉴스
등록번호 제2024-000036호
주소 서울 중구 충무로2길 16, 4층 403호 (충무로4가, 동영빌딩)
대표전화 02)3295-3335
팩스 02)3295-3336
이메일 cnpnews@naver.com
홈페이지 cnpnews.co.kr

정가 15,000원
ISBN 979-11-987713-6-0(03810)

※ 이 시집은 문체부 한국예술인복지재단 창작지원금으로 출간되었습니다.
※ 이책은 전부 또는 일부 내용을 재사용하려면 반드시 저작권자와 도서출판
   문화앤피플의 동의를 받아야 합니다.
※ 이 도서의 국립중앙도서관 출판시도서목록(CIP)은 서지정보유통지원시스템
   홈페이지(http://seoji.go.kr)와 국가자료공동목록시스템(http://www.go.kr/kolisnet)
   에서 이용하실 수 있습니다.
※ 이 책은 교보문고와 연계하여 전자책으로도 발간되었습니다.
※ 이 책은 국립중앙도서관 홈페이지에서 검색 가능합니다.
   잘못 만들어진 책은 바꿔드립니다.